Dominando Susan 3
Extremo BDSM

Dominando Susan 3
Vol. 2

Erika Sanders

ERIKA SANDERS

Dominando Susan 3
Extremo BDSM
(Dominação Erótica)
Por
Erika Sanders
Série
Dominando Susan 3 Vol. 2

Sinopse

Susan enfrenta muitos dos elementos mais extremos do estilo de vida BDSM...

Extremo BDSM (Dominação Erótica) é um romance com forte conteúdo BDSM erótico e, por sua vez, um novo romance pertencente à coleção Dominação Erótica, uma série de romances com alto conteúdo BDSM romântico e erótico.

Também faz parte da série, **Dominando Susan 3**, onde são contadas as aventuras de Susan, alter ego da escritora, na sua faceta de submissão.

Nota sobre a autora:

Erika Sanders é uma escritora conhecida internacionalmente, traduzida em mais de vinte idiomas, que assina seus escritos mais eróticos, longe de sua prosa habitual, com seu nome de solteira.

Índice:

DOMINANDO SUSAN 3
EXTREMO BDSM
(DOMINAÇÃO ERÓTICA)
ERIKA SANDERS

"Stop" Susan gritou, e ela ouviu o som metálico da faca caindo no chão através da névoa de pânico em seu cérebro. Sire imediatamente começou a desfazer as restrições que a mantinham à sua mercê e pegou a garota soluçante em seus braços. Ele a pegou no colo e foi se sentar em uma poltrona de couro enorme, embalando-a como uma criança enquanto ela se acalmava.

Eles passaram os últimos dias juntos desafiando seus limites e listando seus limites tanto rígidos quanto suaves. Susan começou a aceitar que nenhum outro dominante a conheceria tão bem quanto Robert, que a conhecera quase toda a sua vida. Ela também percebeu que apesar de seu amor e confiança pelos dois homens que atuaram como seus guardiões quando ela aceitou um contrato, mesmo que de curto prazo, como aconteceu com Sire esta semana, ela precisava saber e ser capaz de expressar seus limites. Embora Robert tivesse dado a ela a escolha de ficar com ele ou não, ele controlava praticamente todo o resto da vida dela, e ela nunca considerou desobedecê-lo, especialmente porque ele deixou claro que não era realmente uma opção.

Sire a estava pressionando muito e Susan estava exausta tanto mental quanto fisicamente desde os primeiros três dias sob os cuidados de Sire. Ela descobriu em sua exaustão que, embora se sentisse segura em seus braços enquanto eles estavam sentados, e ela tivesse perdido a onda de adrenalina que seu medo fazia fluir em suas veias, ela não conseguia parar de chorar.

Sire permaneceu em silêncio enquanto a segurava, percebendo que finalmente havia quebrado o muro da propriedade de Robert. Ele tinha sido duro e cruel nos últimos dias em seu esforço para fazê-la perceber que nunca haveria outro Robert, que a conhecia tão bem e a amava tanto que não precisava explorar suas perversões e aversões como outros fariam. precisa. Mais uma vez, ele amaldiçoou silenciosamente Robert por não explicar verdadeiramente essa faceta do estilo de vida à bela jovem. Na verdade, muitas das coisas que ele a fez suportar também não eram seu tipo particular de perversão, mas ela precisava saber até onde alguns homens iriam pelos caminhos mais sombrios do excesso e da violação.

Finalmente, quando não houve mais lágrimas, ela olhou para Sire com olhos brilhantes e disse baixinho: "Ninguém realmente me machucaria além do reparo, não é? Quero dizer", ela engoliu em seco, "Por que alguém iria ..."

"Para muitos dominantes", disse Sire igualmente gentilmente, "a emoção está toda envolvida nessa troca de poder; quanto mais você dá, mais eles querem. Se você não for corajoso o suficiente para estabelecer limites e usar uma palavra de segurança, você pode sofrer danos permanentes não apenas em seu corpo, mas também em sua mente." Ele ergueu o rosto dela enquanto explicava mais uma vez por que a pressionava tanto para conhecer seus próprios limites de resistência. "Nunca haverá outro Robert, que teve tempo e vontade de conhecê-lo tão bem antes de você se tornar dele. Os outros dominantes que você encontrará nesta jornada que você insistiu em fazer não saberão nada sobre você, exceto o que lhes é dito em breves discussões e seu conhecimento de como Robert era." Ele sorriu ao ver o lábio dela ficar preso entre os dentes enquanto ela refletia sobre o que ele estava dizendo. "Todos no clube e até mesmo nos círculos externos de nosso estilo de vida sabiam que ele era um bastardo controlador sádico e presumiriam que você teria que ser algo especial para capturar seu colar, não apenas uma escrava masoquista comum..."

"Eu não fui uma escrava muito boa para ele", Susan olhou para o homem corpulento que a segurava tão cuidadosamente em seus braços com olhos marejados. "Eu cometi tantos erros e fugi e..." sua voz ficou presa na garganta enquanto a culpa mais uma vez crescia dentro dela. Se ela não fosse tão infantil, Robert nunca a teria levado para a Itália. "Eu simplesmente não era muito boa em ser o que ele queria", ela terminou com tristeza enquanto Sire permanecia em silêncio. "Eu só precisava de mais tempo, eu poderia ter sido melhor, eu queria ser melhor, ele teria me ensinado todas as coisas que eu precisava saber, agora é só..." ela encolheu os ombros, e as lágrimas vieram novamente.

Sire continuou a abraçá-la em silêncio, sua culpa e a raiva que a precedeu quando ele a conheceu estavam nos estágios finais do luto antes que ela encontrasse aceitação e esperança para o futuro, embora ele pudesse ver essa esperança aparecendo de vez em quando. ela falou sobre seus planos depois da semana na companhia dele. Ele ficou surpreso ao descobrir que, apesar de conhecer Robert a maior parte de sua vida; eles estavam juntos como casal há apenas um mês ou mais. Ele ficou surpreso ao ver que ela sentia tanto amor e devoção por Robert e ele ficou surpreso com a ansiedade dela em começar um caminho de volta ao estilo de vida sem ele. Tendo investigado profundamente as motivações da jovem nos últimos três dias, entretanto, ele agora entendia o desejo da garota ainda enlutada de sentir novamente e tentar bloquear o vazio escuro e vazio que sua ausência criou em sua vida.

"Eu ainda posso fazer as coisas que ele queria", ela disse calmamente mais uma vez, "Eu posso aprender mais e fazer mais como ele planejou", ela respirou fundo e endireitou-se, "Eu ainda posso ser a garota que ele queria de mim ser, com a sua ajuda e a dos outros", ela sorriu torto, "ainda tenho a chance de deixá-lo orgulhoso de mim."

"Robert se foi, Susan, você precisa fazer isso porque quer, não porque Robert queria", Sire não gostou da maneira como ela disse isso, como se ele pudesse de alguma forma voltar e reivindicá-la se ela o deixasse orgulhoso.

"Eu sei, e quero fazer isso por mim, de verdade. Eu quero muito, mas gostaria de pensar que ele ainda está cuidando de mim de alguma forma e ficaria feliz por eu ainda estar fazendo o que ele queria que eu fizesse. fazer. É o Mestre Andrew agora ", acrescentou ela," Isso vai mostrar que orgulho em mim, eu percebo, mas ele era tão próximo de Robert quanto eu, se não mais próximo, e isso parece certo de alguma forma ", disse ela com um tom estranho em seu voz.

Sire assentiu ainda inseguro sobre seu estado de espírito e decidiu que uma longa conversa com Andrew seria para garantir a segurança da garota. Ele admitiu que, pela primeira vez em muito tempo, considerou que aceitar uma garota como Susan como sua não seria nada difícil, na verdade; poderia ser realmente muito agradável.

"Vá tomar banho e se prepare, vamos sair", ele bateu de leve na bunda dela e sorriu. A constante pressão e descoberta de seus limites precisava continuar, mas ele podia ver as pequenas mudanças nela e estava satisfeito com seu progresso, apesar de suas dúvidas sobre suas últimas palavras. Sire a observou entrar no banheiro e foi até onde suas roupas estavam penduradas em um cabide em seu estúdio fotográfico. Não houve necessidade de roupas nos últimos dias e enquanto ele escolhia várias peças para ela usar, ele deu uma olhada em algumas das fotos que ele havia tirado e impresso de Susan nos últimos dias. Ela era uma adorável putinha masoquista, e ele aproveitou a oportunidade para levá-la para sair e exibi-la como sua, mesmo que apenas por um tempinho.

O resto da semana, ele decidiu, seria ocupado enquanto considerava como incorporar o que queria que ela aprendesse com alguns passeios sociais. Porém, primeiro, esta tarde, como prometido, eles iriam a um chá com Sarah e James.

*****

Susan sentou-se calmamente na cama escrevendo no diário que Sire pediu a ela para manter enquanto tomava banho e vestiu um jeans preto confortável e uma camisa de botão. Ela olhou para ele com curiosidade, pensando que nunca o tinha visto sem calça de couro e camiseta preta. Ela recebeu um vestido leve de boneca para usar e mais uma vez ela se perguntou a mudança de ritmo e para onde eles estavam indo.

Vestindo-a mais uma vez com as botas e a jaqueta enorme que ela usava quando saíram de bicicleta e percorreram a curta distância até a casa de James. Susan sorriu quando viu onde eles estavam e ficou feliz por Sire não ter esquecido a promessa que ela havia feito de ir tomar chá com Sara e James.

Sarah saiu correndo de casa e se jogou em Susan antes mesmo que seus pés tocassem o chão quando Sire a levantou da bicicleta. "Esperei e esperei o dia todo! Onde você esteve, tio Billy?" Sara finalmente soltou Susan e fez uma careta para Sire.

Sire ergueu uma sobrancelha para Sara e olhou dramaticamente para o relógio. A Chastened Sara colocou as mãos atrás das costas e disse com uma voz mais baixa: "É que estou tão animada porque tipo, bem, eu simplesmente a amo", Sara tentou explicar por que ela tinha sido malcriada.

"Isso, eu entendo, Susan é fácil de amar", Sire se curvou, beijou a testa de Sara e sorriu, "Guie, pequena, espero que você tenha aqueles biscoitos que eu gosto!" Sara deu uma risadinha maliciosa e, agarrando a mão de Susan, arrastou-a correndo para dentro de casa.

"Primeiro você deve beijar o papai e dizer olá, depois tenho uma surpresa para você!" Sara jorrou animadamente. Susan olhou por cima do ombro e sorriu, tendo sido pega pela excitação infantil de Sara e a seguiu até o escritório onde James esperava parecendo relaxado e conversando com Gregory. Susan não ficou realmente surpresa; Gregory parecia ser uma figura constante em sua vida desde a morte de Robert ele parecia estar constantemente cuidando dela como fazia pelas garotas do clube Susan assumiu que era apenas uma extensão de seus deveres que ele desempenhava para Andrew e as partes interessadas.

"Mas papai!" Sara choramingou ao ver James dar um tapinha em seu colo para que Susan se sentasse com ele.

"Sara, nós conversamos sobre isso", disse James em um tom lento e comedido.

"Sim, papai, mas eu estive esperando e esperando", ela choramingou, mas se virou para sair da sala fazendo beicinho.

"Cuidado, você vai tropeçar no lábio inferior se ele descer ainda mais", Sire riu, pegando Sara e abraçando-a. "Venha pegar um biscoito para mim enquanto Susan diz olá corretamente", ele saiu do escritório com ela.

Susan se permitiu ser puxada para o colo de James e abraçada antes de se virar para cumprimentar Gregory.

"Olá, Sir Gregory, esta é uma boa surpresa", ela sorriu e ele retribuiu o sorriso com uma inclinação quase imperceptível dos lábios enquanto inclinava a cabeça em sua direção.

"Olá, pequenino. Houve algumas coisas decididas naquela reunião das partes interessadas depois que você saiu, uma delas é que eu iria verificar você de vez em quando e ter certeza de que você estava feliz e saudável com seu trabalho e exploração", explicou.

"Estou feliz", Susan sorriu para os dois homens, "Obrigada por me apoiarem durante aquela reunião, significou muito."

"Você pediu ajuda, seria falta de cavalheirismo ignorar o pedido de uma donzela em perigo, não diria Gregory?" James riu.

"De fato", ele concordou prontamente, "mas no final das contas é sua vida e sua decisão, Andrew e Alan são seus guardiões e eles estão lá para aconselhá-lo ou intervir se você se colocar em perigo, mas você tem o última palavra em sua vida, e não tenho certeza se você entende isso completamente." A testa de Gregory franziu-se de preocupação.

"Oh, boas costas," James cumprimentou Sire, que havia entrado mastigando um biscoito e se sentou. "Isso também diz respeito a você."

"Olha, não gosto de toda essa política de clube e você sabe disso, é por isso que evito esse lugar pretensioso na maior parte do tempo", disse Sire com um tom que indicava que já estava entediado com a conversa.

"Tudo bem, mas todos os outros Dominantes que aceitarem o convite para trabalhar com Susan terão um prazo de duas semanas que acabamos de pensar..." James sorriu.

"Tudo bem, estou ouvindo agora", Sire interrompeu suas palavras, "eu estava preocupado em mandá-la de volta tão cedo."

"Tem mais," James ergueu a mão para que Sire ouvisse em vez de falar.

James descreveu o que aconteceu depois da reunião e o papel de Gregory na vida de Susan agora. Se ambos concordassem, o acordo poderia se estender por mais uma semana e Susan exigiria que seu telefone estivesse ligado ou perto dela o tempo todo, para que Gregory pudesse fazer check-in aleatoriamente, bem como visitá-la pelo menos uma vez durante a próxima semana.

"Você conhece meu trabalho?" Sire dirigiu-se a Gregory, que assentiu. Na verdade, havia muito pouco sobre William Wilder que Gregory não soubesse agora, ele havia feito sua lição de casa sobre quem atualmente possuía Susan.

"Eu gostaria de fazer uma curta viagem agora que temos tempo, para alguns dos melhores lugares e tirar fotos de Susan. Você pode ligar e descobrir onde estamos a qualquer momento e decidir quando visitar a partir daí OK?" Ele formulou isso de tal maneira que não foi realmente uma pergunta.

"Podemos negociar, eu acredito", disse Gregory também com um tom de homem que não se curvaria aos caprichos de outro. "A questão mais importante aqui não é o que você quer. Susan ainda não concordou com a prorrogação e preciso ouvir isso dela." Os dois homens se viraram para olhar para Susan, que estava sentada mordendo o lábio, contemplando o que foi dito.

Gregory era um homem severo e intransigente que tinha grandes expectativas em relação às pessoas ao seu redor. Ele ao mesmo tempo a assustava e a fazia se sentir segura em sua presença. Ela sentia o mesmo por Sire, mas também viu seu lado terno durante os últimos três dias, enquanto ele cuidava dela depois de algumas cenas particularmente cansativas. Ela olhou para James, que sempre parecia tão caloroso, suave e amoroso, mas lembrou-se do que Andrew havia dito sobre sua crueldade com as pessoas que o contrariavam. Cada um deles cuidava dela de maneiras diferentes, e ela sabia que eles poderiam e iriam protegê-la quando necessário, mas eles não eram Robert e não iriam tomar essas decisões por ela. Ela percebeu então que era isso que ela havia pedido, o direito de escolher e tomar suas próprias decisões e eles estavam apenas fazendo o que ela queria.

"Desde que Gregory consiga entrar em contato comigo se eu precisar usar uma palavra segura", ela sorriu para Sire, "acho que uma viagem pode ser divertida."

"Bom", disse James, "Agora Sara está dançando para frente e para trás na frente daquela porta o tempo todo, então vá e deixe que ela lhe mostre a surpresa, e nós resolveremos a logística entre Billy e Gregory." Ele a ajudou a se levantar e deu um tapinha em sua bunda, mandando-a embora.

"Já era hora", disse Sara dramaticamente e agarrou a mão de Susan quando ela saiu da sala.

Ela arrastou-a atrás dela e finalmente puxou-a para uma pequena sala de jantar ao lado da cozinha. Susan ficou surpresa, para dizer o mínimo, ao ficar imóvel olhando para as mulheres que considerava amigas. Ela fechou a boca e começou as saudações enquanto abraçava cada um deles. Cinthia acariciou sua bochecha e a puxou para dentro da sala, onde ela foi abraçada por Samantha e Shaky antes de Gian dar um passo à frente e se apresentar adequadamente. Anne ficou para trás e vendo isso, Susan se aproximou dela e a abraçou com força.

"Sinto muito, Anne, tenho sido tão horrível que não sei mais o que dizer", disse Susan suavemente, "Sinto muita falta de você."

"Sou eu quem deveria estar arrependido, bobo, não percebi..." ela deixou passar o que ia dizer. Cada uma das meninas presentes prometeu solenemente não mencionar Robert, a menos que Susan o fizesse, depois que Cinthia explicou que Susan sentiu que todos precisavam se curar por meio dela, pedindo-lhe que revivesse o momento repetidas vezes. Em vez disso, ela sorriu e a soltou, virando Susan de volta à mesa. Foi só quando ela estava prestes a se sentar que viu Cassandra sentada do outro lado da mesa e, encantada ao vê-la, correu e a abraçou com força.

"É tão bom ver você!" exclamou Susana. "Todos vocês", ela corrigiu olhando ao redor da mesa. Não posso acreditar que todos vocês estão aqui quando tenho sido uma vadia ultimamente.

"Não éramos exatamente amigos muito compreensivos", disse Anne suavemente.

"Venha sentar ao meu lado primeiro", disse Shaky com entusiasmo, "eu sempre tenho as melhores fofocas."

"Conte-me sobre aquela garota que fugiu com o príncipe do Oriente Médio, eles a encontraram? Ouvi dizer que ela se tornou uma namorada de motociclista", Susan perguntou seriamente balançando a cabeça e as outras mulheres começaram a rir.

Sara foi a anfitriã perfeita; ela havia servido as guloseimas e bebidas favoritas de cada garota e, embora não fosse necessário, dentro desse grupo, inseria novos tópicos de conversa sempre que demorava um pouco. Cada menina ficou entusiasmada com a perspectiva de ver mais Susan e Cassandra apresentaram a sugestão de uma reunião mensal na casa de cada menina e se ofereceram para hospedar a próxima.

Depois de meses de isolamento auto-imposto, era tão bom fazer parte de um grupo de amizade que sabia relaxar e rir da vida. Ela se sentiu melhor do que há muito tempo e sabia que tinha que agradecer a Cinthia, então, quando a festa começou a acabar, ela foi até Cinthia e a abraçou.

"Eu sei que era você, muito obrigada, não sabia como enfrentar todo mundo depois de ter sido tão egocêntrica por tanto tempo", disse Susan calmamente.

"Eu não fui eu, querido", disse Cinthia com sua voz rica e profunda, "Andrew e Alan organizaram tudo. Aparentemente você prometeu a Sara que os tios dela lhe enviariam uma surpresa, e nós somos isso." Ela riu: "Embora eu ache que foi sugestão de Anne para começar."

"Realmente!" Susan ficou atordoada e se virou para encontrar Anne. "Obrigada", ela jorrou, "Isso era exatamente o que eu precisava."

Anne sorriu de volta para Susan: "O mínimo que eu poderia fazer depois da última vez que te vi." A culpa nublou seu rosto por um momento antes de ela sorrir novamente: "Estou feliz por termos você de volta."

O pequeno grupo começou a se dispersar e Susan começou a ajudar Sara com a limpeza, mas Sara a enxotou: "Vá falar com o papai, ou ele ficará irritado por eu ter você só para mim."

"Mas você não fez isso mesmo", Susan começou a protestar, pegando outro prato. Sara tirou o prato de suas mãos e olhou para ela com seriedade.

"Não costumo agir como uma adulta, mas só desta vez abrirei uma exceção porque acho que você precisa ouvir isso", ela engoliu em seco e respirou fundo. "Todos nós amávamos muito Robert antes de você aparecer. Ele ajudou muito cada um de nós e nossos Mestres, a maioria de nós várias vezes, de maneiras diferentes e às vezes em situações desastrosas, como Anne. Sempre se podia contar com ele para cuidar aqueles com quem ele se importava. É esse vínculo que ele tinha conosco que atraiu você para nosso círculo tão rapidamente. Susan começou a morder o lábio e seu rosto ficou nublado.

"É por isso que todos nós nos preocupamos tanto com o que você faz e porque queremos constantemente ver se você está lidando com a situação." Ela viu o rosto de Susan cair ainda mais, mas não cedeu. "O que estou tentando dizer não muito bem é que você é um de nós agora, goste ou não, e cada uma de nós, meninas e nossos Mestres, sentimos uma certa responsabilidade para com você, porque se fossemos nós, e tem sido no passado, ele faria isso sem hesitar e você tem que nos deixar, pelo bem dele e para ajudar todos os outros a se curarem, assim como você está tentando. Ele realmente era um homem compassivo por trás daquele exterior bastardo sádico; você sabe disso, assim como bem como eu." Susan assentiu com os olhos brilhando.

"Então, agora que você decidiu o que precisa para ajudá-lo a finalmente se curar, você tem que deixar o resto de nós entrar e nos curar do nosso próprio jeito, mantendo você por perto e lembrando do homem que te amou acima todos os outros." Sara finalmente terminou sua palestra e abraçou Susan.

"Agora tivemos a nossa vez de ter certeza de que você está se curando, vá e tranquilize o papai e o Gregory, eles se preocupam demais", ela sorriu, "Qualquer macaco com meio cérebro pode ver que você está começando a viver de novo; nós só precisamos consiga o seu feliz para sempre." Ela soltou Susan: "Com o tempo, ainda não, você ainda terá muitos sapos para beijar no caminho para encontrar o príncipe encantado. Embora o tio Billy seja um bom começo", ela riu.

*****

Na manhã seguinte, enquanto estava sentado recebendo uma chupada de pau bem executada, Sire considerou a garota que seria, para todos os efeitos, sua pela próxima semana. Seus limites excediam em muito o que ele esperava de uma garota de sua estatura. Na primeira noite e no dia seguinte, ele a sujeitou a uma miríade de restrições, utensílios, brinquedos e ferramentas, dos quais o chicote parecia ser o único com o qual ela tinha palavras quase seguras.

No segundo dia, ele a pressionou a praticar esportes aquáticos e quase a forçou a fugir, mas ela salvou a si mesma e a ele com palavras seguras, para seu alívio. Ele, no entanto, apresentou-a ao enema de água com sabão e à ideia do bukkake, mas não à realidade, e durante tudo isso ele começou a infantilizá-la em vários estágios e idades, tornando-a uma palavra de segurança mais duas vezes. Quanto mais jovem ele a tornava, mais limites ele encontrava e no final do segundo dia ele estava feliz por ela usar sua palavra de segurança se necessário.

O terceiro dia foi sobre práticas que, se não fossem tratadas com o devido respeito, poderiam causar danos permanentes à sua mente e ao seu corpo. Wax Play parecia estar dentro dos seus limites, embora beirasse o suave, por isso ele aumentou um pouco. A manhã foi ocupada principalmente com agulhas e ganchos perfurantes, pistolas e armas de tatuagem, mas ela havia escrito cada uma delas com segurança, para deleite dele.

Ele sorriu ao observá-la, o exibicionismo e a humilhação em maior escala, talvez com múltiplos parceiros, seriam um teste interessante de seus limites, bem como das expectativas culturais e sociais de seus dominantes. Ele sorriu sabendo para onde eles iriam em sua viagem e em sua mente planejou a viagem e o número de dias que levaria. Ele avisaria Gregory antes de partirem. Apesar da irritação inicial das personalidades alfa, ele gostava bastante do homem austero e podia ver que ele só tinha no coração os melhores interesses da garota e de seus amigos. Em muitos aspectos, Gregory o lembrava de Robert, mas sem a reputação elevada para acompanhar a personalidade.

Ele gemeu quando ela o tomou profundamente, engolindo a cabeça de seu pênis e deleitando-se com a facilidade com que ela havia aprendido seu estilo preferido de chupar o pênis. A porta do outro lado do loft abriu e fechou fazendo Susan congelar seus movimentos.

"Continue chupando", Sire rosnou colocando a mão pesadamente em sua cabeça antes de gritar: "Já era hora de você chegar aqui, sinta-se em casa, estou apenas alimentando o café da manhã do novo bebê." Sire riu e Susan ouviu uma segunda voz gritar.

"Porra, velho, você já parou", disse a voz masculina e Susan ouviu a queda pesada de botas e o barulho de seu corpo afundando no couro de uma cadeira próxima.

"Não quando é tão bom", Sire continuou a rir antes de gemer novamente enquanto ela o levava até as bolas, chupando forte e profundamente. "Ah, sim", ele pressionou a cabeça dela com força, segurando-a por longos segundos antes de puxá-la de volta e gozar alto, jorrando fitas de esperma em sua língua, que ela engoliu obedientemente. Permitindo-lhe alguns momentos para d9aná-lo e limpá-lo enquanto ele recuperava o controle, ele finalmente a puxou para o sofá com ele e a virou para encontrar a voz.

"Susan, este é Pete, meu filho", Sire a apresentou.

"É um prazer conhecê-lo", disse Susan mascarando sua surpresa. Ela sabia que Sire era muito mais velho que ela, mas não esperava que ele tivesse um filho que parecesse de meia-idade. Pete, assim como seu pai, era alto e corpulento, com cabelos grisalhos e olhos penetrantes e inteligentes. Ele também usava roupas de motociclista e Susan sorriu quando ele a cumprimentou.

"Prazer em conhecê-lo também, pequenino", ele se voltou para o pai, "Não sei como você sempre consegue pegar as vadias fofas!"

"Apenas sorte, eu acho. Você trouxe?" Sire parecia de bom humor enquanto empurrava Susan em seu colo.

"Por que outro motivo eu estaria aqui?" ele apontou para a caixa ao lado dele. "Isto é para você, pequena, dê uma olhada enquanto eu negocio meu bônus com o velho", ele sorriu para ela. Com um empurrão encorajador, Sire ajudou-a a sair do colo e ela foi até a caixa.

"Uau! Isso é incrível", ela exclamou puxando a jaqueta de couro da caixa e segurando-a. Uma imagem bordada de Tinkerbelle estava nas costas da jaqueta, causando sua excitação. Mas não era exatamente Tinkerbelle, a fada tinha cabelos escuros e ondulados muito parecidos com os de Susan, em vez de loiros. O nome Tink curvava-se ligeiramente na parte superior da imagem, e o nome Susan estava pendurado em uma curva igualmente leve na parte inferior. Era primorosamente detalhado e ela olhou para ele com admiração.

"Não podemos mandá-lo em uma viagem sem sua própria jaqueta, podemos agora?" Pete sorriu e se voltou para Sire, "Agora, sobre meu bônus."

"O que você quer?" Sire perguntou em dúvida.

"Um trabalho na cabeça como o que acabei de testemunhar parece certo", ele sorriu.

"Claro, por que não", ele encolheu os ombros olhando para Susan, a quem ele meio que esperava usar sua palavra de segurança. Em vez disso, ele ficou agradavelmente surpreso quando ela calmamente entregou a jaqueta a Sire para inspecionar e caiu de joelhos diante de Pete.

Pete levantou-se ansiosamente e baixou a calça jeans, tirando-a. Susan sentiu a boca se inclinar nos cantos em um meio sorriso ao notar que o filho era tão bem dotado quanto o pai, se não mais, e ela separou os lábios ligeiramente inclinando-se para beijar a ponta, esperando que ele se sentasse. de novo. Em vez disso, ele permaneceu de pé e prendeu o cabelo dela em uma mão, segurando-o longe do rosto e inclinando a cabeça ligeiramente para trás.

"Mantenha seus olhos nos meus o tempo todo, entendeu?" ele disse bruscamente.

Ela assentiu levemente com o aperto firme que ele tinha em seu cabelo e murmurou baixinho: "Sim, senhor."

"Boa menina", ele colocou a ponta de seu pênis entre os lábios dela e começou a entrar e sair lentamente, enchendo sua boca enquanto ela olhava para ele. Susan percebeu que este era um homem que gostava de controle total e se entregou de boa vontade aos seus desejos enquanto fechava os lábios em um anel apertado ao redor de seu pênis. Ele empurrou os quadris empurrando ainda mais e fazendo-a engasgar levemente, ela notou um leve sorriso tocando seus olhos enquanto olhava para ele. "Abra", ele ordenou e ela deixou seu queixo cair abrindo bem a boca para ele enquanto ele penetrava profundamente em sua garganta, fazendo-a engasgar mais uma vez.

"Você tem uma putinha obediente desta vez", disse ele a Sire.

"Eu sou um homem de sorte", Sire sorriu de volta, gostando de ver Susan pegar o pau de outra pessoa e sentir sua própria excitação começar a crescer novamente.

Susan começou a babar enquanto relaxava e engolia o pau grosso que batia em sua garganta. Seus olhos começaram a ficar embaçados e lacrimejantes, mas ela não se esforçou contra a posição em que ele a segurava enquanto fodia seu rosto; em vez disso, ela fixou os olhos nos dele enquanto piscava com uma lágrima em sua bochecha. Isso pareceu excitá-lo ainda mais, e ele puxou a cabeça dela ainda mais para trás pelos cabelos e, dando um passo à frente, abaixou ligeiramente o saco de bolas em sua boca aberta.

Agitando a língua e sugando a pele áspera da melhor maneira possível, em sua posição, ela respirou fundo pelo nariz, sabendo que isso era apenas uma pequena pausa. Ela podia sentir sua própria excitação aumentar e a umidade de sua boceta começar a fluir para suas coxas. O saco de bola foi eventualmente puxado para longe, e o pau voltou para sua boca com mais força, Pete quase segurou sua cabeça pelas orelhas e começou a foder seriamente, indiferente, ao que parecia, de sua falta de ar, mas certificando-se de vez em quando não penetrou em sua garganta enquanto ela sugava o ar pelo nariz.

Pete se perdeu nos olhos marejados de Susan enquanto a fodia, impressionado com a vagabunda a seus pés e sua vontade de ser usada dessa forma. Ele se entregou ao poder que ela lhe deu e sentiu o prazer que ela proporcionou ao seu pênis gemendo profundamente antes de puxar e jorrar esperma em seus lábios e língua e depois voltar para sua boca quente e úmida novamente. Finalmente saciado, ele caiu de volta na cadeira.

Susan estava tão quente e necessitada de sua própria libertação quando foi largada das mãos de Pete; ela olhou para ele com os olhos marejados e disse baixinho: "Obrigada, senhor." Esperando que ele a reconhecesse com um breve aceno de cabeça, ela se virou e rastejou de volta para Sire, ajoelhado diante dele. Ele olhou para ela silenciosamente, esperando que ela pedisse o que precisava. "Por favor, senhor", ela sussurrou, "Foda-me, senhor, eu preciso gozar, por favor."

"Eu não preciso te foder para fazer você gozar", ele rosnou e se inclinou para frente, beliscando um mamilo em cada mão e torcendo-os até que ela choramingasse alto. "Mas vendo como você pediu tão gentilmente", ele abriu o baú ao lado dele e querendo mostrar a Pete o que ela poderia suportar, ele retirou o conjunto tri-clamp observando Susan notar e imediatamente abriu as pernas e entrelaçou os dedos atrás dela cabeça em uma pose de exibição.

Ele olhou para cima e Pete assentiu em agradecimento. Susan estava ofegante e choramingando alto quando finalmente satisfeita com o posicionamento dos grampos, ele a pegou e a colocou de joelhos na mesa de centro baixa. Parado atrás dela, ele entrou nela bruscamente, fazendo as pinças balançarem e Susan gritar de dor e prazer. Ele retirou-se lentamente dela e depois bateu novamente, rosnando: "É disto que precisas, putinha", ele bateu nela com força.

"Sim. Oh, sim, por favor, foda-me, senhor", ela gritou sabendo que isso o forçaria a usá-la com mais força. Sire gostou de ela implorar; sua carência, e Susan sabia que implorar pelo que queria com conversa suja lhe daria o que precisava e muito mais. "Eu preciso ser fodido por um pau grande como o seu; eu sou uma vagabunda com muita fome de pau." Ela fez uma careta com a dor das pinças, bem como com as palavras que saíram de sua boca.

"Maldita puta faminta de pau, chupe o pau de Pete novamente, deixe-o duro para que ele possa foder você também, puta de merda", a voz de Sire estava cheia de desprezo rosnado quando ele bateu nela. As palavras mal penetraram em sua mente antes que Pete estivesse diante dela com um pau meio duro. Ele agarrou-lhe o cabelo e guiou-lhe a boca até à sua pila enquanto Sire continuava a bater-lhe. Seus gemidos se transformaram em gorgolejos enquanto seu pênis crescia rapidamente em sua boca, sua cabeça e corpo se movendo pelas batidas de Sire enquanto Pete ficava parado olhando para o rosto da garota.

"Prepare-se, vagabunda", Sire rosnou enquanto se inclinava sobre o corpo dela e puxava a corrente, fazendo-a gritar ao redor do pau em sua boca. Quando a pinça se soltou de seu clitóris, ela gritou, e Pete enfiou em sua garganta saboreando as vibrações que sua dor dava à sua voz. Os olhos de Susan rolaram em sua cabeça e ela estremeceu espasmodicamente quando gozou com força entre os dois homens. Os homens continuaram a fodê-la com força enquanto ela continuava a gozar, dando-lhe um pouco de descanso enquanto Sire puxava as pinças de seus mamilos, fazendo-a gritar novamente em volta do pau em sua garganta.

Susan flutuou em uma nuvem de dor e prazer, perdendo a noção de si mesma e do tempo, até que finalmente se viu deitada encolhida na sala, ainda ofegante, enquanto Sire acariciava seus cabelos e lhe oferecia água. Ele beijou a testa dela, "Fique aqui até sentir vontade de tomar banho, você se saiu muito bem, pequena." Susan fechou os olhos e se espreguiçou sentindo seus músculos relaxarem, e ela se virou para observar Sire enquanto ele falava baixinho com Pete.

*****

Eles viajaram para o sul através do interior montanhoso e quando saíram da rodovia para uma rota que Susan conhecia muito bem, ela enrijeceu na traseira da bicicleta, seus músculos ficaram tensos enquanto ela apertava Sire com mais força. Ela ouviu a voz dele através do fone de ouvido em seu capacete.

"O que está errado?" A voz de Sire mostrava preocupação.

"Este é o caminho para a casa dos meus pais e de Robert", ela respondeu lenta e deliberadamente.

"Eu não acho que você precisa se preocupar, para onde estamos indo é fora das estradas principais", ele riu e a sentiu relaxar um pouco. Susan não disse nada, pensando na última vez que vira os pais com Gregory e em tudo o que acontecera desde então.

"Faz apenas uma semana?" Ela imaginou. Parecia ter passado muito mais tempo desde que ela tomou a decisão de retornar ao mundo de Robert e criou um turbilhão em sua vida que a encontrou agora sentada na garupa de uma motocicleta navegando pelas estradas montanhosas que ela sabia que poderiam levá-la para casa se ela quisesse. . Houve algum pequeno conforto nisso, apesar de seus medos iniciais, caso ela precisasse escapar, fugir... Susan mordeu o lábio, ela sabia que não fugiria e na verdade sentiu que não poderia, isso era exatamente o que ela tinha pediu. Robert a pegou e a colocou em situações e nos lugares que ele queria que ela estivesse, isso era completamente diferente e ela teve que parar e lembrar a si mesma que tudo isso era escolha dela, ela poderia dizer não; ela poderia usar sua palavra segura; ela poderia desistir a qualquer momento, sem a necessidade de escapar ou fugir.

Robert a amava e sempre a seguiria. Ela sabia, embora não conscientemente na época, que ele não a deixaria ir. Este homem, por outro lado, não tinha esse sentimento por ela. Ele se importava com ela, ela sabia, mas não era nada parecido com o vínculo abrangente que Robert havia imposto a ela. Ela se perguntou se era verdade que só havia uma alma gêmea para outra e que a dela estava agora perdida para este mundo. Ela sentiu a tristeza desse pensamento engoli-la e apoiou a cabeça nas costas de Sire enquanto cavalgavam, perdida em seus próprios pensamentos.

Fiel à sua palavra, eles permaneceram fora das estradas principais, visitando algumas maravilhas naturais gloriosas e passando a noite em pequenas pousadas. Ele tratou cada local como uma oportunidade para uma sessão de fotos, vestindo-a ou despindo-a com mais frequência antes de amarrá-la em várias poses com corda áspera e tiras irregulares de material desgastado. No início, ela ficou constrangida e preocupada com a possibilidade de eles serem descobertos, mas com o passar do tempo e ele usou seu corpo primorosamente para prazer e também como modelo, ela relaxou e gostou do processo criativo com ele.

Duas vezes, durante o tempo em que estiveram na estrada, um corredor ou caminhante os avistou e observou à distância. Nessas ocasiões, Sire não era tão sádico como poderia ter sido, permitindo que o voyeur a ouvisse implorando por mais enquanto ele a usava duramente.

Depois de uma longa viagem de vários dias, eles pararam em frente a um bar decadente, música alta cantava nas janelas abertas junto com vozes altas e risadas. A curiosidade de Susan foi despertada quando

Sire desceu da bicicleta permitindo que ela olhasse adequadamente para o bar. Era uma casa independente de madeira que parecia ter sido convertida há algum tempo em uma espécie de clube, em vez de um bar. Sire a pegou da bicicleta e a colocou de pé antes de ajudá-la a tirar o capacete e a jaqueta. Olhando em volta, ela ficou surpresa com a quantidade de bicicletas estacionadas ao redor do clube.

Ela estremeceu quando o ar da noite envolveu a blusa branca e flertou com as pregas largas da saia de couro que ela usava. Seus mamilos já estavam eretos pelos punhos que os adornavam, mas pareciam franzir mais e pressionar contra o tecido da blusa enquanto ele inspecionava o cabelo que estava preso em duas tranças que pendiam sobre os ombros.

A mão dele deslizou sobre os seios dela e depois ao redor e pelas costas, eventualmente se curvando sob a saia para acariciar sua bunda, fazendo sua respiração acelerar enquanto ela se levantava e aceitava suas carícias com um pequeno sorriso. Ele se inclinou para beijar sua testa e sorriu de volta.

"Você está tão adoravelmente sexy esta noite que eu poderia te foder aqui e agora", ele murmurou baixo em seu ouvido antes de se endireitar, pegar sua mão e se mover em direção à entrada do prédio. "Fique ao meu lado o tempo todo, entendeu?" Senhor perguntou abruptamente.

"Sim, senhor", Susan respondeu rapidamente, sabendo que ele não precisava perguntar. Seus olhos se arregalaram para os dois enormes motociclistas parados na entrada.

"Porra, Wildman, você não traz uma vagabunda há muito tempo e quando o faz, ela é isca de prisão. Ela tem identidade?" um dos homens enormes olhou Susan atentamente. "Ela não parece ter tirado as fraldas ainda! Muito menos capaz de lidar com este lugar."

"Ela é mais velha que a sua pirralha", ele tirou a identidade de Susan do bolso e mostrou para eles.

"Bem, foda-me", ele riu e se inclinou para frente, batendo os ombros com Wildman.

"Agora seria um bom momento para usar sua palavra de segurança e recusar o pedido dele", Sire riu para Susan.

"Stop" Ela guinchou enquanto ria, e o estóico segundo homem que não se moveu ou disse nada caiu na gargalhada.

"Isso não tem preço, Wildman. Você terá dificuldade em mantê-la só para você se tudo o que ela diz for tão fofo", sua risada profunda continuou.

"Você acha que dizer a eles que o nome dela é Tinker Susan é demais, então?" Sire disse com um sorriso fazendo o homem rir mais enquanto assentia.

"Você conhece as regras, Wildman, sem tatuagem, sem entrada e eu não consigo nem ver uma falsa desenhada em seu corpinho quente." O primeiro homem continuou a olhar Susan de perto, deixando-a desconfortável.

Antes que ela soubesse o que estava acontecendo, Sire a agarrou pela cintura e a levantou, virando-a facilmente de cabeça para baixo para que sua saia caísse e expusesse sua boceta à vista deles. "Viram isso, senhores? Não há necessidade de falsificação, é muito real", Sire falou com orgulho e Susan pôde sentir os dedos de alguém traçando o intrincado padrão do RM que era o apelido de Robert, percebendo em uma explosão de clareza que de cabeça para baixo poderia facilmente ser confundido para a Guerra Mundial, William Wilder, também conhecido como Wildman. "Agora saia da minha frente, idiota, antes que eu lhe dê um grande nariz de palhaço vermelho para combinar com sua atitude."

O segundo homem explodiu em gargalhadas mais uma vez, e Sire carregou Susan para o bar. A sala da frente a surpreendeu; ela sentiu como se tivesse entrado no Club Med. Uma sensação tropical permeou o lugar; alguns homens e mulheres estavam de pé ou sentados bebendo e jogando sinuca, o bar era ocupado por mulheres de topless usando colares e flores nos cabelos, embora pelo que Susan sabia, elas poderiam estar nuas, já que ela não conseguia ver além de suas cinturas.

"Só vou pegar uma cerveja e depois mostrarei o local para você", Sire retumbou em seu ouvido e a levou até o bar, ajudando-a a subir em um banco alto. Chamadas de seu nome e das pessoas que se aproximaram deixaram Susan mais do que ciente de que Sire era um homem popular e respeitado entre essas pessoas. Ela perdeu a noção dos nomes que lhe disseram quando foi apresentada a eles e rezou para poder chamá-los de Senhor ou Senhora se seus nomes não viessem à sua mente quando necessário novamente.

"Este", disse Sire enquanto a ajudava a descer do banco e pegava sua mão, "é o bar da frente." Ele a conduziu para o fundo da sala e através de outra porta, "E esta é a barra dos fundos", ele sorriu enquanto ela olhava ao redor. Havia várias telas de TV nas paredes, em torno das quais sofás e mesas baixas estavam dispostos em padrões circulares. Uma mulher de topless estava perto da porta oferecendo toalhas para quem as quisesse. Puxando-a ainda mais para dentro da sala, ele certificou-se de que ela tivesse uma boa visão da ação que estava acontecendo em diversas áreas da sala.

Em um sofá, uma loira magra estava de joelhos apoiando a cabeça no braço enquanto assistia a um vídeo pornô de uma garota sendo fodida por dois homens simultaneamente. Enquanto ela se ajoelhava ali, outra mulher estava deitada de costas entre as pernas comendo sua boceta enquanto ela, por sua vez, estava sendo fodida por um homem com uma barba que se estendia até o peito. Eles pareciam alheios ao resto da sala ou aos observadores.

Em outra área da sala, um homem e uma mulher estavam sentados vestidos casualmente, como se estivessem em um encontro, e assistiam a um filme de ação, mas cada um segurava a pesada coleira de um rapaz e uma moça que estavam sentados no chão na frente deles, acariciando um ao outro. em direção ao clímax lentamente, seus olhos em seus dominantes enquanto o filme passava atrás deles. Enquanto Susan continuava a olhar ao redor da sala, ela sentiu sua própria excitação aumentar com as imagens e sons. Um outro grupo parecia estar descansando após o esforço enquanto estavam deitados uns sobre os outros, respirando pesadamente.

Embora os temas sexuais do clube de Robert fossem iguais a este, fora os palcos destacados, a maior parte das apresentações acontecia nas salas privadas de lá. Susan tentou imaginar como seria esta sala em um fim de semana movimentado e se os grupos se misturassem para se tornarem apenas uma grande orgia. Ela pulou quando sentiu a mão de Sire mergulhar sob sua saia e acariciar sua boceta levemente.

"Eu sabia que você iria gostar daqui, você é uma putinha tão carente", ele disse mais alto do que Susan gostaria enquanto acariciava seu clitóris, fazendo-a corar profundamente, embora ninguém mais na sala parecesse reconhecer sua presença. Ele puxou a mão quando a respiração dela aumentou para uma ofegante e estalou a língua para ela, "Ainda não, garota gananciosa." Ele ofereceu-lhe o dedo para limpar e sorriu para ela enquanto ela o chupava suavemente.

Sire a conduziu novamente para o outro lado da sala e através de uma grande porta novamente para um deck coberto. Foi decorado como um resort de praia com um grande spa borbulhante como elemento central e um pequeno bar ao lado. "Isso é o que chamamos de colônia de nudismo; a nudez não é apenas esperada aqui, mas muitas vezes imposta", ele sorriu para ela e passou a mão sobre seus seios cobertos. "Ainda precisamos encontrar Ruth, para que você possa ficar com suas roupas", ele fez uma pausa para dar ênfase, "Por enquanto."

Mais uma vez meninas com toalhas ficaram perto da porta e quase todos os espaços do spa foram ocupados com colchões finos como os usados nas cadeiras ao redor das piscinas, mas sem a estrutura das cadeiras. Dois casais descansavam nus e aparentemente despreocupados enquanto ela e Sire olhavam em volta e voltavam para o quarto de onde tinham vindo. Ela notou os armários ao longo da parede que levava de volta ao clube e inclinou a cabeça quando a compreensão surgiu.

Susan estava ansiosa e animada ao mesmo tempo. Ela não sabia se temia ser exposta aqui ou se queria isso. Ela tinha sido praticamente exposta no clube de Robert mais de uma vez, mas os pedaços de tecido com que ele a vestiu serviram de proteção contra a nudez total. Ele também a usou na frente de outras pessoas mais de uma vez, mas essas ocasiões incluíram principalmente apenas uma outra pessoa. A única exceção real tinha sido o clube em Cingapura, mas ela estava escondida debaixo da mesa enquanto chupava seu pau, ser fodida em um espaço tão aberto com tantos voyeurs quanto quisesse assistir era algo completamente diferente.

Segurando a mão dele com força para que ele não pudesse abandoná-la ali, ela voltou pelo que considerava ser a sala de orgia com ele, examinando os pequenos grupos mais uma vez. Ela ficou tão impressionada com o rearranjo do trio assistindo ao vídeo pornô que não percebeu o homem vindo em direção a eles sorrindo até falar.

"Wildman! Já era hora de você chegar aqui." Um homem que era tão alto quanto Sire e ainda mais largo o abraçou em um abraço de urso antes de se virar para Susan e pegá-la em um abraço igualmente esmagador que a fez gritar. "Então esta é a pequena fada que chamou sua atenção ultimamente."

Os dois homens se elevaram acima dela quando ele a colocou de pé novamente. Ambos eram bem mais de trinta centímetros mais altos que ela, e enquanto Sire era musculoso e corpulento; Ruth era um homem gigantesco que obviamente gostava dos excessos que seu sucesso lhe permitia.

"Venham", ele os encorajou, "tenho um prêmio se ela passar na iniciação."

Susan congelou ao ouvir a palavra iniciação e Sire a viu enrijecer. Ele sorriu, talvez ela tivesse algum senso real de autopreservação quando não tinha certeza do que estava ao seu redor e das pessoas nele, ele não havia dito a ela que ela podia confiar em Ruth, como Andrew tinha feito consigo mesmo, então ele entendeu e ficou agradavelmente surpreso por sua relutância momentânea. Esta deveria ser uma noite interessante, e ele sorriu quando ela olhou para ele mordendo o lábio e pegando sua mão mais uma vez.

Susan caminhou com os homens de volta ao bar da frente e para o lado onde uma escada levava para cima. No topo da escada havia um longo corredor com portas que saíam em intervalos regulares.

"Você está planejando ficar esta noite, presumo?" Ruth disse a Sire enquanto caminhavam pelo corredor.

"Sim, estou pensando que sim. Duvido que essa vagabunda vá falhar no seu teste", ele riu, e Ruth sorriu maliciosamente.

"Você sabe por que eles me chamam de Ruth?" O grandalhão virou-se para se dirigir a Susan.

"Não, senhor", disse Susan com uma voz mais firme do que seu nervosismo teria permitido no passado.

"É a abreviação de Ruthless", ele lançou-lhe um olhar duro antes de deixar seu sorriso aparecer nos cantos de sua boca. "Ele", ele apontou a cabeça na direção de Sire, "me conhece bem e confia em mim com seu corpinho quente", ele fez uma pausa para observar o rosto dela em busca de sinais de medo ou relutância, mas ela olhou fixamente para ele, a única pista de que ela até considerou suas palavras ameaçadoras foi o lábio que de repente ficou preso entre os dentes quando ela olhou para ele com aqueles olhos verdes brilhantes que capturaram sua atenção.

"Você pode levar três esta noite", ele acenou para Sire e Susan olhou para a porta na frente da qual eles pararam.

Sire soltou a mão dela e se inclinou para beijar sua testa, "Confiança e obediência, pequena", ele murmurou, e mais alto disse a Ruth: "A palavra segura dela é Stop, se ela usar, nós vamos embora." Havia um tom em sua voz que indicava que ele acreditava que, se ela usasse a palavra, não seria ela quem suportaria o peso de sua decepção.

Ruth se virou e seguiu pelo corredor esperando que a garota o seguisse. Susan deu uma última olhada em Sire e seguiu resolutamente o gigante, Ruth, pelo corredor. Ele abriu a porta no final do corredor e a manteve aberta quando ela entrou e olhou em volta. O clique da porta quando ela se fechou a fez pular. Ela se virou e olhou para o grande homem que se elevava acima dela, sem saber o que fazer.

"Então, você gosta do meu clube?" Ele sorriu para ela e se moveu em direção a um sofá baixo onde se sentou pesadamente, indicando que ela deveria se sentar no tapete em frente a ele. Entre eles estava o que Susan originalmente confundira com uma pequena mesa lateral, mas a superfície parecia mais uma tigela rasa equilibrada sobre as quatro pernas.

"É muito diferente dos clubes que conheço, senhor." Susan disse suavemente, sem saber exatamente como deveria responder. Este clube não tinha a riqueza da decoração ou o clima sombrio da maioria dos clubes em que ela já esteve, independentemente de atenderem ao estilo de vida ou não.

"Claro que é", Ruth riu, "Nenhum idiota pretensioso viria aqui para beber kava e aproveitar a vida na ilha comigo." Ele observou Susan inclinar a cabeça, sem entender muito bem suas palavras, e pulou quando uma mulher apareceu ao lado dela. A mulher tinha lindos cabelos negros e brilhantes que caíam pelas costas, enrolando-se sob a bunda enquanto ela se ajoelhava e sorria para Susan. Susan observou sua pele cor de caramelo quase com ciúme enquanto sorria de volta e notava as braçadeiras tribais tatuadas que adornavam seus bíceps.

"Esta é minha mulher, Mata'Mo'Ana, você a chamará de Ana. Ela irá prepará-lo para a cerimônia", Ruth anunciou e ergueu seu corpo do assento baixo para se elevar sobre as mulheres. Ele olhou para eles por vários minutos antes de se virar e sair da sala sem dizer mais nada. Susan soltou a respiração que não percebeu que estava prendendo quando a porta se fechou novamente.

"Não fique tão preocupado, ele gosta de agir de forma intimidante, mas na verdade ele tem um coração mole", disse Ana com um sotaque rico.

"É mais porque eu realmente não entendo o que está acontecendo ou o que estou fazendo aqui que me preocupa", admitiu Susan. "Eles disseram algo sobre uma iniciação e depois de descer as escadas quando eu cheguei," sua voz sumiu e ela olhou para as mãos que estavam em seu colo. Ana percebeu a tensão na garota e começou a fazer o possível para acalmar sua mente.

"Tui criou este lugar como um kalapu ou clube de kava com seu pai quando ele era mais jovem. Em Tonga, Samoa e em várias ilhas do Pacífico, kava é uma bebida que os homens compartilham durante grandes cerimônias, bem como informalmente de vez em quando", ela fez uma pausa. para deixar Susan receber explicações e informações sobre o clube.

"Quem é Tui?" Ela inclinou a cabeça enquanto a mulher sorria para ela.

"Tui também é conhecido como Ruthless ou Ruth pelos amigos", explicou ela. "Agora você deve aprender o que fazer na cerimônia de kava, não temos tanto tempo quanto eu gostaria, então explicarei à medida que avançamos. Você está pronto?" Ana olhou para Susan séria.

Susan assentiu, mas na verdade ela não tinha certeza do que estava preparada. Eles caminharam para outra sala e, enquanto Ana montava o equipamento, ela explicava as tradições da bebida Kava e as diversas cerimônias encontradas em diversas ilhas do Pacífico e ria com Susan enquanto explicava a forma diluída chamada grogue. Tui era originário de Tonga e como seu nome sugeria, ele era parente do rei, embora distante. Por causa disso, beber kava e seu ritual tinham um forte significado para ele.

"Em Tonga, a kava é bebida todas as noites no kalapu, que é a palavra tonganesa para clube. Somente os homens podem beber a kava, embora as mulheres que a servem possam estar presentes. A garçonete era tradicionalmente uma jovem virgem chamada tou'a. Estas dias, é imperativo que a tou'a não seja parente de ninguém no kalapu porque seria impossível julgá-la honestamente.As meninas estrangeiras são frequentemente convidadas para ser uma tou'a por uma noite por esse motivo, e então, se houvesse homens que se sentissem tão inclinados a julgá-la plenamente que poderiam fazer-lhe uma oferta indecente sem retribuição da família.A kava é servida em rodelas em copos de coco e tem um efeito eufórico nos bebedores, que muitas vezes cantam canções de amor tradicionais acompanhadas de violão e falam sobre os talentos tou'a." Ana finalmente terminou sua explicação.

Durante toda a conversa, Ana ensinou pacientemente Susan a preparar a bebida usando Fu'u, uma forma em pó de Kava geralmente reservada para a família real de Tonga, que Tui importava em intervalos regulares ao longo do ano. O processo de adicionar líquido e amassar a raiz em pó até formar uma massa fibrosa antes de criar a bebida na grande chaleira ornamental de madeira foi bastante assustador, mas Susan perseverou até se aproximar da perfeição.

Ana então a levou para se vestir adequadamente para a cerimônia e Susan ficou preocupada que a noite fosse tarde demais, mas a outra mulher parecia não ter pressa enquanto ajudava Susan a se despir e modelava como posicionar os colares florais sobre os ombros e ao redor dos quadris, terminando por colocando várias flores no cabelo. Antes de saírem do isolamento dos quartos e seguirem caminho, lá embaixo Ana parou Susan e a virou, então elas ficaram de frente uma para a outra.

"Embora os homens acreditem que esta cerimónia tem tudo a ver com eles e com o seu domínio sobre as mulheres, não é assim", começou ela. "Observe cuidadosamente aqueles a quem você serve esta noite, porque uma vez no estado de relaxamento que o kava induz, você verá a verdadeira natureza do homem emergir quando ele baixar a guarda." Como sempre, Susan permaneceu em silêncio ao receber novas informações e mordeu o lábio enquanto pensava no que Ana havia dito. "Se uma jovem está sendo cortejada, ela verá a verdadeira natureza do homem quando agir como Tou'a para ele, se ele seguir suas palavras e crenças ou se tiver maus pensamentos em sua mente e em suas ações."

Susan acenou com a cabeça em compreensão e seguiu Ana escada abaixo vestindo nada além do colar de flores com a cabeça erguida, sabendo que ela ocuparia uma posição de importância na cerimônia desta noite e precisava agir adequadamente. Eles foram para o convés dos fundos, onde se insistia na nudez e caminharam em direção ao local onde um grupo de vários homens estava sentado em círculo nas mesmas almofadas baixas, incluindo o gigante, Ruth e Sire. Cada um sentou-se com as pernas cruzadas expondo sua nudez aparentemente despreocupado e uma rápida olhada ao redor disse a Susan que ninguém tinha motivo para se envergonhar no grupo.

Anna ficou atrás do círculo, ficando a alguma distância atrás de Ruth, sorrindo encorajadoramente enquanto Susan tomava seu lugar diante do suporte de madeira que segurava a chaleira com água. Ela pegou sua bolsa de Fu'u e esvaziou-a em um pequeno prato raso que foi colocado diante da chaleira e, quando os homens começaram a conversar ao seu redor mais uma vez, ela iniciou a intrincada cerimônia de preparação. Como Ana lhe ensinou, ela permaneceu sem pressa e passou por todas as etapas lenta e cuidadosamente enquanto os homens ao seu redor comentavam sobre sua técnica. Por fim, ela coou a primeira concha em um coco e se desenrolou de sua posição ajoelhada para apresentá-la a Ruth com a cabeça baixa.

Ele, por sua vez, encarou-o com um ritual igual e brindou à sua cultura, aos seus amigos e aos tou'a. Cada homem seguiu o exemplo enquanto ela o servia e quando ela terminou de servir o último homem do grupo, descobriu que o copo original dado a Ruth estava vazio e ela imediatamente começou a segunda rodada. Durante a segunda rodada, os comentários sobre sua técnica cessaram e ela se viu corando enquanto comentavam sobre seu corpo, desde os cachos de seu cabelo até sua boceta careca e a cor de seus lábios.

A segunda rodada foi mais lenta e ela descobriu que tinha tempo de sentar e mexer a bebida antes de ser chamada para reabastecer as xícaras. A bebida ficou mais potente a cada rodada e um violão foi puxado por um dos homens e o canto começou. Ela ficou impressionada com as belas harmonias que esses homens criavam enquanto cantavam .

Os pequenos copos de coco com meia casca mal continham mais de três goles da bebida, mas Sire recusou um terço enquanto os outros homens continuavam bebendo. Susan pôde ver os homens relaxarem visivelmente sob a influência da kava, e a conversa deles tornou-se obscena em referência ao seu físico e como a pequena fada não conseguiria lidar com a entrada de qualquer um dos homens bem dotados presentes em sua boceta minúscula.

"Ela não é a garotinha ingênua que você pensa que ela", Sire riu, "o pau de seu último amante faria todos vocês parecerem meninos em comparação" houve uma onda de risadas entre os homens.

"É mesmo," o homem que Susan reconheceu e Bozo, que os questionou quando eles entraram mais cedo, "Bem, ela não está com ele agora, talvez ele tenha desistido de tentar entrar naquela caixinha apertada." Susan sentiu o coração parar quando o homem falou sobre Robert como se ele ainda estivesse vivo e abaixou a cabeça para que ninguém visse a dor que cruzava seu rosto.

"Ele morreu sabendo o quão bom era algo que duvido que você saiba agora", Sire retumbou observando a reação de Susan. Ele podia ver a subida e descida de seus ombros enquanto ela respirava fundo para acalmar suas emoções.

"Ele provavelmente matou..." Boza começou com um tom malicioso na voz.

"Acho que farei ao seu Tou'a uma oferta que ela não poderá recusar", disse Sire cortando as palavras desagradáveis que saíam da boca de Bozo, "Se estiver tudo bem para você, Ruth?"

"Se você esperasse mais, eu teria feito isso", Ruth sorriu e acenou para Susan antes de puxá-la para um forte abraço. "Você se saiu bem, pequena fada, você ganhou seu prêmio." Ele sorriu: "Ajude Ana com a comida antes de ouvir esta oferta que você não pode recusar, por favor."

As duas mulheres carregavam travessas com o que, para Susan, pareciam ser rolinhos de repolho e algum tipo de bolinho de massa para os homens que comiam com os dedos. Quando ela foi até Bozo, ele agarrou a mão dela quase derrubando a bandeja e a segurou no lugar, murmurando: "Então o que aconteceu, o velho Sugar Daddy teve um ataque cardíaco antes que você pudesse levá-lo por todo o seu dinheiro, putinha?" Susan tentou libertar o braço sem causar cena, mas foi impossível. "Eu conheço o seu tipo; eu deveria te ensinar uma lição, mas você provavelmente gostaria disso, não é? Puta de merda", ele zombou.

"Stop," sussurrou de sua boca, mas ela não precisou dizer mais alto, pois vendo o que estava acontecendo, Sire já estava de pé, mas tendo sido parado por Ruth, ele ficou em seu lugar enquanto Ruth se aproximava e batia com o punho em A mandíbula de Bozo o fez tombar para trás, puxando Susan com ele e derramando a bandeja de comida.

Tudo aconteceu tão rápido que a próxima coisa que ela percebeu foi que ela estava por cima do ombro de Sire, em seu típico aperto de bombeiro, e ele subia as escadas de dois em dois degraus. Sire a jogou na cama e ficou olhando ao redor brevemente. "Bom, suas roupas estão aqui."

"Sinto muito, senhor", Susan sussurrou tristemente, "eu nunca quis dizer..."

"Você não tem nada do que se desculpar", ele disse gentilmente enquanto se agachava na frente dela, chegando ao seu nível, para variar. "Isso foi inteiramente minha culpa. Eu estupidamente mencionei seu último Mestre. Eu não estava pensando, me perdoe." Sire olhou para ela seriamente. "Peço desculpas por colocar você em uma situação como essa." Ele pegou o rosto dela entre as mãos e a beijou suavemente. "Na verdade estou orgulhoso de você, por reconhecer que estava no limite e não aguentava mais."

"Fiquei chocado. Quer dizer, fui mantido longe de qualquer mídia ou insinuações sobre a diferença de idade entre Robert e eu. Nunca pensei realmente em como isso deve ter parecido para pessoas que não nos conheciam." Lágrimas brilhavam em seus olhos enquanto ela falava. "Eu realmente sinto muito por ter arruinado sua noite, kava deveria ser relaxante e eufórico, e eu fiz tudo errado."

"Você não fez isso", Ruth gritou da porta, fazendo Susan pular. "Você ficará esta noite, conversaremos durante o café da manhã e você receberá seu prêmio", ele ordenou e então apontou a cabeça para Sire.

"Eu já volto", Sire beijou a testa de Susan e seguiu Ruth para fora da sala, na porta, as figuras aglomeradas e Susan, sentindo-se culpada e envergonhada, abaixaram a cabeça.

Ana entrou depois que ele saiu com um sorriso. "Nós, mulheres, vemos a verdadeira face de Kava, e nem sempre ela é bonita." A mulher de fala calma sorriu maliciosamente; falando em bonito, há outro que deseja ver se você está ileso pelo incidente." Ela ficou de lado, e outra figura alta preencheu a porta.

" Barry!" exclamou Susana. "Quero dizer, Sir Barry," Susan imediatamente se corrigiu, fazendo-o rir.

"Olá, Susan", disse ele laconicamente, "Gregory me pediu para ver como você estava desta vez, ele não ficou muito impressionado com a sua presença aqui. Eu, por outro lado, estou adorando, a comida é incrível." Ele disse tentando deixá-la à vontade com sua presença repentina e não anunciada.

"Não tive tempo de tentar nada", disse Susan suavemente, mas com um sorriso, "Mas parecia muito bom." Barry ergueu uma sobrancelha com as palavras dela. E ela rapidamente alterou o que havia dito. "Quero dizer, tenho estado tão ocupado até agora esta noite, tenho comido tudo que posso ultimamente, mal posso esperar para voltar ao clube e escolher o seu menu novamente." Barry riu alto.

"Bom, espero você assim que você voltar. Vou preparar algo especial para você, domingo à noite", ele piscou, "Venha, vamos tomar uma bebida." Ele estendeu a mão para ela e franziu a testa quando ela não a pegou imediatamente.

"Estou sob a proteção e orientação de Sire, Wildman, então eu realmente deveria esperar que ele voltasse antes de ir a qualquer lugar", Susan mordeu o lábio e olhou para Barry.

"Eu tinha esquecido como você era uma boa menina", Barry sentou-se na cama ao lado dela, "Esperamos então e você pode me dizer o quão feliz está desde a última vez que a vi. Você poderia pedir uma comida fabulosa para quando nós chegar lá embaixo?" Barry se dirigiu a Ana.

"Claro", ela disse e saiu da sala. Barry tinha uma atitude tranquila em relação à vida, assim como Andrew. Da mesma forma que Andrew equilibrou os severos modos de controle de Robert, Barry parecia equilibrar Gregory. Enquanto conversavam, ela conseguia entender por que cada homem havia escolhido o outro para trabalhar como Mentor, e sorriu com a semelhança entre eles. Susan quase poderia estar conversando com Andrew enquanto falava sobre seu tempo com Sire.

Barry ficou satisfeito por ela ter conhecido alguns de seus próprios limites e usar uma palavra segura quando levada longe demais. Ele não tinha certeza sobre todo esse esquema para treinar a garota com uma variedade de mestres retirados do grupo de partes interessadas, mas claramente desta vez com Sire foi benéfico em vários níveis.

Sire retornou um homem muito mais calmo e alegremente apertou a mão de Barry, aliviado por não ter sido Gregory quem veio encontrá-los no clube de kava. Em sua opinião, ele havia planejado que Barry fosse quem os conhecesse, mas ele nunca tinha certeza, Gregory parecia levar seus deveres tão a sério no que dizia respeito a Susan, o encontro com ele na casa de James e Sarah foi muito importante. -abertura para dizer o mínimo.

Eles desceram juntos as escadas, passando pelo bar da frente. Susan percebeu que permanecia vestida apenas com o colar de flores que usara enquanto servia o kava. A sala de orgia ficou ainda mais cheia desde que ela chegou durante a tarde, e havia ação por todo lado para acompanhar a pornografia que passava pelas telas acima dos pequenos móveis. Fazendo o caminho para o bar dos fundos, Susan ficou parada enquanto os homens se despiam e olhavam em volta. A ação da sala de orgia se espalhou ligeiramente para esta área, de modo que um casal ficou torcido ao redor do spa.

Movendo-se para o lado do bar, Sire levantou Susan com facilidade e sentou-se em um banco alto. A convite, pegaram a comida que os esperava e voltaram para os homens que ainda estavam sentados em volta da roda de kava cantando e bebendo. Em vez de retornar ao centro do círculo, Susan sentou-se entre Sire e Barry e sentiu como se estivesse envolta em uma bolha segura. Ruth se juntou a eles depois de um tempo e bloqueou a visão do resto da sala com seu tamanho enorme, então ela começou a estudar a manga da tatuagem que cobria o braço esquerdo de Barry e o lado esquerdo da parte superior do peito. Ela ficou hipnotizada pelo design e seus olhos ficaram pesados enquanto ela ouvia sem entusiasmo a conversa ao seu redor até que a conversa se voltasse totalmente para ela e seus atributos mais uma vez.

"Eu esperava que ela experimentasse a sensação de ser compartilhada aqui esta noite, não acredito que ela já tenha sido levada por vários parceiros antes e acredito que ela é uma vagabunda que iria gostar muito", Sire olhou para ela , "Sem mencionar o quanto eu gostaria de assistir." Susan sentiu seu peito apertar de ansiedade, mas os músculos de sua boceta flexionaram de excitação com a ideia de ser usada na sala de orgia.

Foi com surpresa que Sire a pegou e anunciou: "Mas parece que já passou da hora de dormir da pequena, se nos derem licença, senhores." Houve murmúrios de decepção no círculo, mas ninguém se moveu para impedi-los de sair.

"Não estou tão cansada", Susan sussurrou no ouvido de Sire enquanto ele se dirigia para onde ele e Barry haviam colocado suas roupas em um armário. Ele a segurou longe dele e olhou nos olhos dela, julgando as palavras através dos olhos dela.

"Cada um desses homens expressou algum desejo, você tem certeza de que é isso que você quer?" Ele se virou para o grupo para que ela pudesse ver os homens sentados observando-os. "Foi um dia longo e agitado e não vou pressioná-lo a fazer isso, a menos que seja algo que você queira fazer."

Susan mordeu o lábio ansiosamente, mas vendo a excitação refletida nos olhos de Sire, ela assentiu: "Você vai ficar e garantir que estou segura e cuidada, então não tenho nada a temer", ela deu voz aos seus pensamentos.

"Confie em mim, putinha", Sire sorriu e acenou com a cabeça para Tui, que levantou seu corpo do assento baixo e conduziu os homens para a sala de orgia. Ele abriu o caminho para um pequeno ambiente circular ao lado da pequena área do bar que parecia estar reservada para seu uso. Susan olhou para a ação que acontecia por toda a sala enquanto eles caminhavam, com os olhos arregalados enquanto tentava distinguir as intrincadas margaridas. Parecia que nenhum órgão genital ou seio ficava descoberto pela mão, pela boca ou pela virilha e ela maravilhava-se com o ar de abandono e o volume de barulho que a rodeava.

Sire a colocou na mesa redonda baixa no meio do espaço e ela olhou em volta nervosamente. Tua passou uma venda nos olhos de Sire explicando a tradição de não ver quem é quem escolhe testar os atributos do tou antes de fazer uma oferta formal à sua família para levá-la para sua casa. "Tal como acontece com muitas das antigas tradições, ele realmente não se encaixa neste ambiente como tal, mas eu gosto do ritual e gostaria que ela o usasse", Tui sorriu para ela e ela acenou em aceitação.

Sire se inclinou para colocar a venda em seus olhos, murmurando: "O primeiro pau que você chupar será meu, então ficarei por perto, você estará seguro."

"Eu sei", Susan disse igualmente calmamente, deixando sua declaração transmitir sua confiança nele enquanto ela perdia o uso da visão. Ela sentiu as mãos de Sire levantando-a de onde ela estava sentada sobre os calcanhares para posicioná-la sobre as mãos e os joelhos. Ela respirou profundamente e sentiu um arrepio percorrer sua espinha quando entreabriu os lábios ligeiramente, aceitando o pau que ela conheceu tão bem nas últimas semanas. Ela podia ouvir os comentários apreciativos murmurados sobre sua técnica e quão profundamente ela enfiou o pau em sua garganta enquanto gorgolejava e babava.

Barry assistiu, ao contrário de Gregory, ele não teve escrúpulos quando se tratava de sexo grupal e ficou agradavelmente surpreso quando uma tigela de preservativos foi distribuída entre o grupo para homens. Disseram-lhe enquanto estava sentado que o objetivo desta cena era gozar na garota que não estava nela, cobrindo-a com a prova de sua excitação e desejo, sem risco de engravidar, assim como os japoneses faziam na cerimônia de bukkake. Ele observou quando um jovem se aproximou dela e rolou uma camisinha sobre seu pênis.

Sire saiu da boca de Susan com um grunhido e pulverizou sua carga sobre seu rosto enquanto ela choramingava e ofegava, voltando para a foda que estava recebendo do jovem que parecia igualmente entusiasmado. Sire caiu para trás em uma cadeira respirando pesadamente quando um novo pênis tomou seu lugar em sua boca. Embora dominantes em sua própria cultura, poucos desses homens eram dominantes no sentido de escravidão e o pai podia ver o corpo aquecido de Susan tremer sem nenhum prazer real que o prazer misturado com a dor lhe proporcionava. O homem atrás de Susan puxou e rasgou a camisinha bombeando seu pau enquanto caminhava até a cabeça dela, puxando seu rosto para cima do pau que ela estava chupando e borrifando sua carga sobre seus seios enquanto ela gritava e ofegava.

Soltando-a, Susan caiu pesadamente sobre a mesa e encontrou uma mão que a rolou de costas. Ela sentiu o pênis deslizando por seus lábios novamente quando um novo pênis entrou em sua boceta. Mãos agarraram seus seios provocando os mamilos e ela gorgolejou de prazer quando eles foram beliscados com força. Se ela pudesse ter implorado por mais, ela o teria feito, pois a pequena sensação de formigamento que o beliscão lhe causou morreu rapidamente e sua excitação diminuiu em vez de aumentar para os picos maiores que a fariam explodir no orgasmo.

"Esses peitos dificilmente valem a pena foder, mas se bem me lembro, eles têm uma bela cor", Barry sorriu para Sire e estendeu a mão para dar um tapa na lateral de um seio, seguindo rapidamente com o mesmo para o outro. Barry ainda não tinha terminado com ela, sabendo exatamente como Robert era, ele beliscou seus mamilos e torceu-os enquanto se inclinava perto de sua orelha, "Você está amando isso, sua putinha, toda essa merda e sucção, mas eu sei o que ela Ele soltou seus mamilos e bateu em seus seios novamente, apreciando os gritos abafados e observando seu corpo resistir como se implorasse por mais.

Susan congelou momentaneamente; ela havia esquecido que Barry estava lá até ouvir a voz dele. A dor acendeu em seu cérebro e ela resistiu ao homem que estava transando com ela, que gemeu apreciativamente, sentindo seus músculos apertarem em torno de seu pênis. Ela corou ao pensar em Barry relatando os acontecimentos desta noite e pôde sentir o esperma secando em seu rosto e seios. Bloqueando a voz dele de seu cérebro agora febril, Susan se permitiu desfrutar das sensações dos galos e gozar enquanto se deitava no centro de um grupo de homens como um brinquedo valioso para foder.

Barry recuou quando os dois homens se afastaram dela e simultaneamente borrifaram seu esperma sobre sua barriga, seios e rosto. Assumindo o controle, Barry puxou-a de volta para suas mãos e pés, entrando nela rudemente e enrolando a mão em torno de sua coxa, apertando e torcendo seu clitóris inchado. Ela gritou de dor e prazer até ser silenciada novamente pelo grandalhão Tui, que enfiou seu pau em sua garganta.

Susan deixou seu queixo cair, sem saber de quem era o pau que ela chupou ou quem a fodeu, mas ela adivinhou que foi Barry quem torturou seu clitóris enquanto ela batia em sua bunda com a mão livre. Ela estava perto de gozar e seu corpo tremia, os joelhos balançando na superfície da mesa. O tapa continuou e Susan gozou com força, sua boceta pulsando ao redor do pau enquanto ela gritava ao redor do pau em sua garganta, fazendo o homem diante dela gemer alto e puxar de sua boca, borrifando seu esperma novamente com seu esperma. Seu rosto parecia que pingava lodo quando o pênis puxou de sua boceta e se inclinou para a pequena estrela escura ou sua bunda.

Outro pênis forçou seu caminho através de seus lábios ofegantes enquanto Barry empurrava para frente, passando pelo anel apertado de seu ânus. Susan uivou em volta do pau, suas lágrimas caindo livremente na boca, misturando-se com o esperma e a baba que já cobriam seu rosto enquanto ela continuava a gozar nas ondas que rolavam por seu corpo. Embora ela soubesse que ninguém poderia ver, seus olhos reviraram em sua cabeça com o prazer doloroso que os homens invisíveis lhe proporcionavam e ela se perdeu na altura em que flutuou, perdendo a noção de quanto tempo permaneceu ali.

Sire observou enquanto o corpo de Susan se contorcia e se sacudia entre os dois homens, ele podia ver que ela agora estava flutuando em uma altura que a faria desmaiar se as ondas continuassem a rolar por seu corpo, ele se levantou e colocou a mão em sua cintura para apoie-a. Os homens que viram seu movimento se permitiram terminar mais rápido do que poderiam, afastando-se enquanto Sire a abaixava suavemente sobre a mesa em uma poça pegajosa de esperma antes de adicionar o seu próprio em seu corpo e rosto.

Susan ofegou e choramingou enquanto lentamente voltava à terra, seus olhos tremulando enquanto a venda era removida. Sire ajudou-a a tomar um gole de água antes de voltar para sua cadeira e retomar a conversa enquanto ela estava deitada na mesa no meio do círculo se recuperando.

Abrindo os olhos ao toque de uma mão terna, Susan sorriu suavemente ao ver Ana ao seu lado com uma tigela de madeira e um pano. Suas pálpebras pesadas se fecharam novamente e ela se deixou levar pelos toques suaves de Ana até que foi levantada nos braços de Sire e carregada escada acima.

Assim que sua respiração voltou ao normal, Sire deu boa noite ao amigo e a pegou no colo. Susan se aconchegou enquanto Sire a segurava de maneira incomum enquanto caminhava até o quarto que compartilhariam. Já era muito tarde e vendo que ela estava exausta, Sire tirou as flores e deitou-a cuidadosamente na cama, deslizando-se ao lado dela e puxando-a para si.

"Durma agora, pequenina", ele murmurou suavemente.

*****

De manhã, tomaram o café da manhã na grande suíte que Ruth ocupava com Ana, fazendo com que as duas mulheres servissem aos homens travessas de frutas tropicais e pequenas travessas com grossos pedaços de pão torrado, além de presunto e ovos. Susan foi presenteada, com grande cerimônia, com um preparo e serviço de kava completo, com uma chaleira e uma tigela pequena e rasa nas pernas. Como a jornada ainda duraria mais alguns dias, Barry se ofereceu para levá-lo para seu apartamento, e ela aceitou com gratidão depois de prometer a Ruth que praticaria e renovaria suas habilidades sempre que pudesse.

Eles estavam saindo do clube pelo bar da frente quando ela foi parada por uma mão em seu braço. Assustada, ela se virou e olhou para o rosto machucado do homem que a abordara na noite anterior.

"Peço desculpas pela maneira como tratei você, pois você merecia respeito, e estou envergonhado", disse ele suavemente.

"Posso ter um momento, por favor," Susan rapidamente se virou para olhar para Sire e Barry, sentindo-os arrepiar-se atrás dela. Sire assentiu brevemente, mas não se moveu para o lado dela.

"Eu percebo agora que você deve ter se machucado por ter dito as coisas que fez comigo. Meu Mestre morreu me protegendo de uma saraivada de balas; eu sabia que mesmo quando não estávamos juntos

morte dele; quando ela teve um colapso emocional total e seu espaço aqui na empresa foi alterado. Ela olhou com novos olhos ao redor da ante-sala que agora era o escritório de Anne e que já havia sido dela.

Tinha sido redecorado e se ela não tivesse tido tempo para pensar sobre isso provavelmente nem saberia que era o mesmo escritório; ele havia sido alterado dramaticamente. "Eu amo o que você fez aqui", ela disse abertamente.

"Estou tão feliz que você aprove", Anne novamente lançou-lhe um olhar avaliador. "Oh, querido, estamos todos apenas tentando seguir em frente, à nossa maneira, não há problema em sentir..."

"Eu sei", Susan disse suavemente, tranquilizando-a rapidamente, "É tudo realmente incrível!" mas seu entusiasmo não foi transmitido pelo tom de sua voz. Anne franziu a testa para ela e continuou rapidamente: "Vai levar um pouco de tempo para se acostumar com todas as mudanças, só isso. Você realmente fez um ótimo trabalho."

"Bem, então prepare-se, querida", Anne deu um passo atrás de Susan e a pegou pelos ombros enquanto a empurrava em direção à porta do que antes era o escritório de Robert. Susan colocou a mão momentaneamente na porta fechada, lutando contra a vontade de cair de joelhos antes de finalmente abri-la e entrar.

As mudanças no vasto escritório foram surpreendentes e Susan ficou parada do lado de fora da porta, sentindo-se insegura. Alan acenou para que ela entrasse na sala e levantou-se da mesa para abraçá-la. "Como foi sua pequena aventura? Você está pronto para começar um negócio sério?" Seu sorriso era largo, e ela sentiu o calor de mais do que apenas seus braços quando eles a envolveram.

"Estou ansioso para isso!" Susan guinchou ao ser esmagada pelo abraço.

"Bom, eu fiz alguns planos para esta semana, mas antes de mais nada, seu novo escritório e você terá que começar a entrevistar para uma nova assistente", ele parou de falar enquanto ela engasgava.

"Cassandra não vai voltar?" ela perguntou confusa.

"Ela estará aqui para ajudá-lo a se preparar, mas é melhor que você tenha outra pessoa, especialmente para a viagem que você precisará realizar", disse Alan em um tom que soava como se esta não fosse uma decisão negociável e Susan mordeu o lábio mais uma vez balançando a cabeça levemente. Alan ficou repentinamente sério: "Andrew e eu discutimos isso, e não queremos mais ligações perigosas como aquelas na casa de praia. Cassandra é sua amiga e ela te ama por isso, essas coisas não necessariamente contribuem para um bom assistente. Entendeu?"

"Sim, Mestre", ela disse calmamente. Ela estava triste pensando que as consequências de suas próprias ações haviam causado isso, mas talvez nem tudo estivesse perdido como um indício de uma ideia formada em seu cérebro.

"Bom", ele deu a ela um de seus sorrisos infantis, "Agora eu elaborei um rascunho do cronograma para esta semana, será um cronograma difícil, mas temos muito o que fazer em um curto período de tempo antes que você saia vagando. outra aventura", ele lançou-lhe um olhar provocador. "Se for necessário fazer mudanças, Anne é a pessoa com quem falar ou Patrick na sua ausência.

A confusão apareceu em seu rosto enquanto ela vasculhava seu cérebro e encontrava Patrick e Rhys de sua última viagem à empresa. Ela sorriu quando ele lhe entregou o rascunho do cronograma e várias outras pastas pequenas.

"Esta é uma pequena lista para seus assistentes pessoais, esta é uma lista de possíveis decoradores para seu novo escritório, este", ele ergueu uma pasta azul royal, "é o seu plano de negócios com uma quantidade considerável de notas de revisão e sugestões. Leia com atenção hoje, nos encontraremos e começaremos a resolver isso amanhã." Ele era tão nítido e profissional. Tão diferente do Alan tranquilo que ela sempre conheceu. Ela imaginou que ocupar o lugar de Robert aqui era uma tarefa difícil para ele, ou talvez fosse porque ela nunca teve que lidar com ele no sentido comercial; ele sempre foi tão relaxado e jovial perto de Robert quando ela estava lá.

Envolvendo-a em seus grandes braços novamente, sua voz suavizou um pouco: "Anne irá ajudá-lo com o resto, tenho certeza que você se lembra o suficiente do trabalho com Robert para se orientar nos andares executivos. É bom ter você de volta, onde Posso ver você com mais frequência, pequena; senti sua falta."

"E eu senti sua falta", ela retribuiu o abraço de todo o coração. "Ainda bem que cheguei cedo, parece que você será uma tarefa difícil, Mestre." Ela deu uma meia risada provocando-o. "Acho que então deveria ir procurar meu escritório", disse ela alegremente, só querendo começar agora e pensando em tudo o que tinha que fazer.

Alan a observou sair. Ele se preocupava em saber como ela lidaria com sua nova posição na empresa. Robert a escolheu por sua submissão natural, e não havia espaço para isso no mundo dos negócios, ela teria que tomar algumas decisões e negociações difíceis por conta própria, eventualmente. Ele se perguntou se ela percebeu que seu treinamento aqui seria tão difícil e exaustivo quanto em suas outras aventuras.

Ele se virou para Andrew: "Como ela está realmente?"

"Parece que sempre subestimo aquela garotinha", Andrew encolheu os ombros. "Ela é muito durona à sua maneira. Eu acho que ela superou Robert e tudo o que aconteceu? Nem de longe, mas se eu tivesse que apostar se esse plano dela vai funcionar ou não, eu colocaria uma boa quantia em isto."

"Esperemos que você esteja certo, meu amigo", Alan olhou para a porta, a preocupação aparecendo em seu rosto.

*****

Susan seguiu Anne pelo corredor até o que havia sido o escritório de Andrew, onde Patrick estava sentado tomando um café matinal na antessala. Ao avistá-los, ele pulou da cadeira e correu abraçando Susan.

"Susan! Querida!" ela sorriu e o abraçou de volta. "Eu sei que disse que não iria me mover, mas o Mestre queria tanto e quem sou eu para recusar?" ele revirou os olhos. "Ainda não está terminado, mas veja, todo esse andar não tem nada além de decoradores de interiores e comerciantes bonitões nas últimas duas semanas! Estive no céu, querido!"

Susan riu e deixou que ele a conduzisse pela antessala até o grande escritório que tinha um layout idêntico ao que era agora o escritório de Alan. Rhys Muldoon cumprimentou-a de trás de sua mesa com um sorriso: "Bom dia Susan, você teve uma pausa agradável?"

"Sim, obrigada", ela não tinha certeza de qual seria o termo correto para se dirigir, mas sabendo que ele era o Mestre de Patrick, optou pelo termo "Senhor".

"Estou ansioso para trabalhar com você, acredito que temos uma reunião amanhã", ele olhou para Patrick, que acenou com a cabeça afirmativamente. "Eu li que seu plano tem algum mérito, mas tenho algumas perguntas que gostaria de fazer a você. Eles podem esperar, pois posso ver Patrick começando a fazer beicinho, pois já tomei muito do seu tempo. Estaremos nos vendo bastante enquanto vocês estão aqui." Ele lançou a Patrick um olhar severo que dizia muito, apesar de suas palavras gentis e educadas para Susan. "Como sempre, é bom ver você, Anne," ele inclinou a cabeça. "Susan terá muito tempo para ooh e ah sobre todo o seu trabalho duro, Patrick. Deixe-a ir e começar o dia, ela tem muito o que colocar em dia, não é?" ele se virou para ela.

"Certamente que sim", ela assentiu, "Eu adoraria voltar quando tiver mais tempo", ela sorriu para Rhys e depois para Patrick. Começou a perceber que ela estava em uma posição precária. Ela não era mais assistente, e também não era uma executiva, era uma espécie de indulgência, como a prima esquisita que trabalhava na empresa da família só porque eram família. Ela odiava a ideia de que qualquer um dos verdadeiros executivos pensasse que ela não merecia seu lugar ali. Ela decidiu que precisava começar a trabalhar e provar que era digna de estar lá, antes de fazer mais visitas aos escritórios de outras pessoas.

"Eu realmente gostaria de ver meu próprio escritório antes de qualquer outra pessoa", ela riu levemente. "Desculpe por incomodá-lo, senhor", disse Susan no mesmo tom alegre. Os três saíram do escritório e voltaram para a antessala. "Sinto muito se coloquei você em apuros, Patrick", disse Susan calmamente.

"Você está brincando? Isso foi apenas um resmungo indiferente", Patrick sorriu. "Além disso, ele está certo, vamos almoçar na quarta-feira", disse ele levemente.

"Minha agenda parecia bem cheia", disse Susan, "não tenho certeza..."

"Quem você acha que fez o cronograma?" Ele piscou para Anne.

"Você não achou que eu iria redigir aquele rascunho sem acrescentar um ou dois almoços comigo , não é?" Anne pareceu chocada com a ideia e Susan riu.

"Sinceramente, além de querer encontrar meu escritório e sentar para ver essa agenda, não pensei em nada!" Ela revirou os olhos: "É ótimo ver vocês dois, realmente preciso dos meus amigos agora mais do que nunca, mas realmente sinto que preciso começar, ou serei eu quem terá problemas."

"Ok, querido, vamos lá", disse Anne e Patrick desejou-lhe sorte enquanto saíam pelo corredor. Algumas voltas depois, eles entraram em um pequeno escritório que parecia ter sido reformado recentemente. As paredes recém-pintadas eram de um bege neutro, assim como o carpete. Os únicos móveis eram uma escrivaninha de assistente e uma cadeira sobre a qual havia um computador, e no escritório principal a mesma disposição, mas com o acréscimo de uma estante também pintada no mesmo bege das paredes.

"É uma lousa em branco, querido, fazer o seu, do jeito que você quer", ela gesticulou em torno do espaço praticamente vazio. "Tenho algumas ideias, se você quiser conversar mais tarde, é só me ligar. Quer que eu fique alguns minutos? Ou até Cassandra chegar?"

"Não, acho que só preciso de alguns minutos para processar tudo", disse Susan caminhando suavemente ao redor da mesa para se sentar na cadeira. "Obrigada por tudo, Anne. Estou tão feliz por você estar por perto, acho que vou precisar dos meus amigos nas próximas duas semanas", ela sorriu torto. "É melhor você voltar antes que Alan pense que roubei sua assistente, para não ter que entrevistar sua lista."

"Olhe para você, sendo a mulher de negócios durona", brincou Anne, "Estou feliz que você finalmente esteja perto o suficiente para entrar em contato também, você sabe que quero detalhes da semana passada , certo?" ela perguntou com uma risada fazendo Susan corar.

"Sim, você e todos os outros", Susan riu, "O que aconteceu com não beijar e contar? Foi ótimo, diferente, mas ótimo."

"Isso basta por enquanto", Anne piscou e balançou e saiu do escritório deixando Susan com seus pensamentos.

Ela olhou ao redor do espaço e sabia que dificilmente seria necessário passar tempo com designers de interiores, ela sabia o que queria. Ela não tinha certeza de como alguém se sentiria sobre isso, mas para ela seria perfeito. O que ela precisava era de um gerente de projeto, ou pelo menos de um responsável por compras, e ela se perguntou se teria dinheiro em seu orçamento para isso. Na verdade, ela tinha dinheiro suficiente agora para fazer o que quisesse, mas sua vida aqui na empresa nunca seria tão fácil enquanto ela fosse vigiada por dois Mestres e lutasse para provar seu valor.

Ela não causaria agitação hoje; ela faria o que lhe pedissem e entrevistaria todos os que chegassem. Ela examinou seu rascunho de cronograma e depois pegou cada item em sua mesa, examinando-o. Ela tinha um computador novo, um andróide que obviamente estava conectado ao servidor da empresa e todos os itens fixos de que ela poderia precisar estavam empilhados ordenadamente ao lado. Bem, ela pensou, não há momento como o presente, ela abriu sua proposta de negócios e olhou para um mar de marcações e comentários azuis e vermelhos que haviam sido rabiscados em seu documento cuidadosamente digitado.

Ela mal tinha chegado à metade da primeira página quando Cassandra entrou. "Não tem muito espaço, não é?" Ela disse olhando em volta; Susan gritou de alegria, levantou-se e abraçou a mulher.

"Sinto muito por ter colocado você em apuros, se eu soubesse..."

"Você ainda teria saído todas as noites", Cassandra riu. "Não se preocupe, problemas são o que tornam a vida interessante quando você chega na minha idade."

"Bom porque acho que posso causar alguns neste lugar abafado e preciso de um escudo", Susan riu com ela.

"É tão bom ter você de volta. Temos tempo para uma conversa rápida?" Cassandra a abraçou novamente.

"Faremos isso daqui a pouco, se você puder começar imediatamente e fazer algumas ligações para mim, esta manhã?"

"Claro, doce menina, não pensei que você estaria pronta com alguma coisa para mim tão cedo", Cassandra ficou um pouco surpresa.

"Estou pensando nisso há um bom tempo, então estou ansiosa para começar", Susan sorriu com entusiasmo contagiante, "e estou tão feliz que você esteja aqui comigo; tenho um novo cargo para você uma vez Eu contrato uma nova assistente, se você quiser ficar por aqui, pelo menos na hora certa.

Cassandra ficou um pouco sobrecarregada; ela não havia discutido a decisão de removê-la do cargo de assistente de Susan; na verdade, ela havia instigado essa conversa com Alan. Ela estava se sentindo menos inclinada a voltar ao trabalho em tempo integral, mas a oportunidade de trabalhar com Susan de forma casual era algo que ela gostou da ideia e, então, Alan concordou em assumir a responsabilidade pela mudança, para que Susan não Não sinto que um de seus amigos a estava abandonando. Ela não considerou a reação de Susan tão sincera.

"O que voce precisa que eu faca?" Ela perguntou, apanhada pelo entusiasmo de Susan.

"Aqui está a lista de designers de interiores com quem devo me encontrar, dê uma olhada para mim, estou atrás de linhas limpas, metal e pedra, escultura, talvez, se todos estiverem desordenados, aconchegantes ou com padrões de madeira e florais, cancele. Eu sei o que Eu quero; só preciso de alguém que possa conseguir isso para mim", disse Susan decididamente.

"Ok, quem é você e o que você fez com minha indecisa, insegura e doce Susan", Cassandra riu.

"Eu quero essa Cassandra, para mim. Não vou encontrar outro Robert; eu percebo isso", ela suspirou, "e preciso mostrar a eles... preciso mostrar a eles que estou falando sério sobre esse projeto, que sou mais do que apenas uma sub que Robert deixou brincar de ser uma mulher de negócios." Ela sentiu as lágrimas que não derramava há mais de uma semana brotarem novamente.

"Bom, então vamos mostrar a esses bastardos arrogantes que eles não têm ideia de com quem estão lidando", ela pegou a lista da mão de Susan, "Me avise se precisar de mais alguma coisa, senhorita Biancotti", ela piscou fazendo Susan rir.

Susan sentou-se e se perdeu novamente na proposta comercial até que o serviço interno de mensagens em seu computador apitou e ganhou vida. Seu primeiro entrevistado para o cargo de assistente havia chegado e era aparentemente muito bonito. Susan sorriu enquanto digitava de volta: "Bem, mande-o entrar!"

Susan levantou-se quando a porta se abriu e Cassandra introduziu um homem alto e musculoso. Esse seria um padrão que Susan logo descobriu, pois a cada meia hora outro candidato, que mais parecia um guarda-costas do que um assistente, entrava em sua porta. Cinco dos seis candidatos eram do sexo masculino e, quando o último saiu, Susan já estava mais do que desconfiada da pequena lista que Alan lhe dera. Ela também estava morrendo de fome, apesar do café e das guloseimas que Cassandra havia fornecido durante a longa manhã. Ela olhou para o rascunho do cronograma e depois para o relógio; o almoço não estava marcado para mais de uma hora, então, para se distrair de seu estômago roncando, ela chamou Cassandra.

"Então, qual é o seu veredicto, era a lista de promotores ou de guarda-costas?" Susan recostou-se na cadeira.

"Ambos", Cassandra gargalhou, "Não foram muito sutis, foram?" Susan balançou a cabeça. Cassandra olhou para ela com astúcia: "Ok. Aqui está o que descobri", ela amava Susan como uma filha e estava orgulhosa da maneira como ela estava se comportando. Ela não estava disposta a deixar Andrew e Alan manipulá-la. "As regras do clube agora estabelecem que, a menos que seja provado ou solicitado por um membro do clube, qualquer novo aspirante a Dominante é obrigado a ter um mentor dentro da elite do clube. Cada um desses homens e mulheres solicitaram recentemente a consideração da elite do clube. " Ela deixou Susan absorver essa informação.

"Agora, três, acredito, são empreiteiros independentes, musculosos, guarda-costas profissionais. Um dos outros vem de dinheiro antigo e tem uma renda independente de investimentos; o outro é um investigador particular e a mulher foi a única a não confiar em um uma senhora como eu com seus segredos. Nenhum deles realmente precisa deste trabalho, mas não seria difícil para eles realizá-lo em vez do que estão fazendo atualmente para engraxar as rodas do clube. "

"Vejo que a entrada no clube, digamos com Andrew, o grande dragão do submundo como mentor, é um prêmio pelo qual vale a pena ser minha babá", Susan suspirou.

"Eu descobri que um dos homens musculosos está estudando à noite para se formar em administração", acrescentou Cassandra, "É incrível o que eles dirão à velha senhora que acham que está trabalhando aqui."

Susan deslizou o currículo da estudante de administração sobre a mesa para Cassandra, "Eles vão me fazer escolher um, independentemente do que eu acho das qualificações da lista curta e vamos encarar, aquela mulher era simplesmente assustadora", ela estremeceu, "Ligue para ele de volta", ela bateu no arquivo, "Veja se ele ainda está perto o suficiente do prédio para voltar para mais algumas perguntas." Ela deu a Cassandra um sorriso malicioso.

Quinze minutos depois, Susan sentou-se à sua mesa, ao lado de Cassandra e Mark Braithwaite. "Você ouviu falar de mim antes de se candidatar a este emprego, Sr. Braithwaite?" Ela fez uma pausa: "Meu acidente na Itália, suas consequências e como cheguei ao meu novo cargo nesta empresa?"

"Sim, e sinto muito por sua perda, o Sr. Marino foi um homem verdadeiramente grande com tudo o que conquistou em sua vida", suas palavras foram sinceras e isso ficou evidente em sua expressão.

"Então aqui está o que eu sei", começou Susan e contou os detalhes do acordo que Alan fez com os candidatos sobre os quais Cassandra a informou: "Verdadeiro ou falso?"

"É verdade", Mark olhou nos olhos dela.

"E você veria isso como um trabalho fácil de babá enquanto conseguisse um mentor e uma adesão instantânea ao MR. Club, verdadeiro ou falso?" Susan não baixou o olhar.

"Isso não é tão fácil de responder com uma única palavra", começou Mark e fez uma pausa. Quando Susan não falou, ele elaborou. "Vi isso como uma oportunidade tanto profissional quanto pessoal. Sim, eu me tornaria membro e ganharia um mentor na MR., mas também estaria ajudando a construir uma proposta de negócio totalmente nova pelo que entendi, e isso em em si é uma perspectiva excitante. Quanto às tarefas de babá, imagino que, com tantas pessoas zelando pelo seu bem-estar, você dificilmente precisará de mim para fazê-lo. Ele olhou significativamente para Cassandra antes de se voltar para Susan.

"Eles lhe disseram quem seria seu mentor?" por algum motivo, isso era importante para Susan.

"Espero que, como você trabalhará com os grandes aqui, eu terei apenas a melhor introdução ao mundo dos grandes negócios", ele desviou a pergunta dela, mantendo a entrevista extra sobre o local de trabalho.

"Claro, querido, entre", Anne sorriu.

Susan entrou com toda a coragem que pôde no escritório de Alan. Ela ficou surpresa ao ver Andrew ainda lá e perceber que ele estava aqui para o almoço também. Eles olharam para cima quando ela entrou e acenaram para que ela se sentasse confortavelmente. Ela sentou-se na beira do sofá e olhou para eles balançando a cabeça.

"O que está errado?" Alan perguntou, sua preocupação tocando sua voz.

"Como vou confiar totalmente em você quando você nem me conta o que está acontecendo?" ela perguntou calmamente. "Você não achou que eu não iria notar que o King Kong dos guarda-costas chegou para ser meu secretário? E então eu descobri que você teve que suborná-lo para estar lá", ela terminou com tristeza.

"Você estará viajando. Precisávamos saber..." Alan disse em um tom suave, embora seu temperamento tivesse aumentado por trás do exterior calmo.

"Eu realmente entendo que sim; tomei algumas decisões estúpidas e você tem todos os motivos para não confiar que estou tomando decisões melhores ultimamente quando estou sozinha, mas um aviso teria sido bom", ela suspirou, "Agora Eu simplesmente pareço um tolo para essas pessoas, como elas podem fazer o que eu peço quando não podem me respeitar porque o chefe acha que preciso de uma babá. Nenhuma delas quer ser secretária de uma pequena sub como eu, são todas tipo alfa; eles possuem pequenos subs como eu, e não o contrário."

"É assim que as coisas são", disse Alan, demonstrando um pouco de impaciência, "Basta escolher um, não vou deixar você vagabundear pelo campo lidando sozinho com pessoas da indústria do fetiche."

"Como eu disse, entendo por que você fez isso, Mestre, e amo você por isso. Se eu escolher um desses gorilas, posso manter Cassandra como gerente de projeto em meio período? Tenho uma ideia sobre como manter amostras em meu escritório e bem, com a reforma ela poderia ajudar a pessoa que eu escolher com quaisquer pequenos contratempos que acontecerem ao longo do caminho, ela tem muita experiência com todas as coisas... humm na empresa."

"Meio período, sem viajar", negociou Alan.

"Sim, Mestre", Susan deu-lhe um sorriso deslumbrante. "Obrigada, Mestre", ela se levantou, "Um momento, por favor, Mestre."

Andrew não disse nada enquanto observava Susan manobrar para conseguir o que queria. Ele não ficou nem um pouco surpreso quando um homem grande a seguiu de volta ao escritório de Alan e ela o apresentou como seu novo assistente. Andrew levantou-se para apertar sua mão e se apresentar antes de ficar ao lado de Susan, sussurrando baixo em seu ouvido: "Mais uma façanha como essa e se Alan não fizer isso, vou bater em sua bunda atrevida."

Susan corou quando Alan virou seu rosto afável e sorridente para ela depois de cumprimentar Mark e franziu a testa. Verificando o relógio, ela respirou fundo e abriu a boca para falar, mas Alan ergueu a mão e rosnou ameaçadoramente: "Tenha muito cuidado com o que você diz a seguir, pequenino."

"Eu sei o que foi prometido a ele no clube e quero ter certeza de que algumas regras foram implementadas para evitar qualquer umm... situações desconfortáveis..." Susan continuou apressada e corou profundamente.

"Que tipo de regras? Você raramente está lá, exceto para comer ocasionalmente", Andrew perguntou curioso, poupando Alan do trabalho de engolir a explosão que parecia estar prestes a transbordar.

"Mesmo assim", ela tocou a corrente em volta do pescoço, há uma hierarquia, eu sou o que sou lá, e preciso ser um pouco diferente aqui, agora, em meu próprio escritório, com ele", ela disse incerta durante todo o tempo. bravata que ela se agarrou esta manhã, tendo desaparecido sob o olhar dos dois Mestres que ela respeitava e precisava obedecer.

"Ah, que bom, você ainda não saiu", Anne interrompeu seus pensamentos aparecendo no pequeno espaço onde Susan esperava. "Mestre, gostaria de ver você antes de partir." Anne parecia agitada e agarrando sua mão quase correu de volta para sua mesa e avisou Alan que Susan estava lá esperando para vê-lo.

"Entre, ela disse suavemente," sem encontrar os olhos de Susan, deixando-a preocupada e começando a morder o lábio enquanto abria a porta e entrava no escritório de Alan. Ele estava recostado na beirada da mesa com os braços cruzados.

"Ali", ele apontou para um ponto no tapete a cerca de dois metros dele, "De joelhos." Sua voz não era áspera, mas era mortalmente séria.

"Hoje serviu para me provar duas coisas, pequenino", começou Alan enquanto ela se ajoelhava diante dele. "A primeira é que você é uma jovem inteligente e capaz, e tão durona quanto Robert sempre disse que você era." Ele fez uma breve pausa observando-a morder o lábio com uma expressão preocupada. "A segunda é que você foi mimado demais por muito tempo. Robert foi meu ídolo de certa forma, por muitos anos. Tínhamos nossas diferenças, é verdade, mas sempre respeitei sua paixão e seu senso aguçado do que era para ele. seja o melhor e exija o melhor de todos aqueles que estão mais próximos dele."

Ele deu um passo em direção a ela: "O que você acha que ele teria pensado do seu subterfúgio hoje? Eu não disse em nenhum momento que Cassandra não poderia ficar trabalhando meio período. Na verdade, eu disse exatamente isso esta manhã; que ela permaneceria para ajudá-lo, mas não como sua assistente em tempo integral." Sua voz tornou-se rouca, mostrando sua raiva e decepção. Ele ficou satisfeito com o rubor que invadiu suas bochechas e a expressão de decepção em seu rosto.

"No entanto, você ainda veio aqui e tentou fazer o que queria sendo fofo e doce, quando isso não passava de um subterfúgio projetado para conseguir o que queria", ele olhou fixamente para ela. "A Susan que eu conheço e, mais importante, a garota que Robert amou e começou a treinar, nunca teria sido tão pirralha. Você pede o que quiser; eu lhe direi se você puder." Sua voz se elevou com raiva: "Não vou negociar com você, nem vou tolerar outra façanha malcriada como a de hoje. Fui claro?"

"Sim, Mestre", Susan disse com os olhos arregalados para esse lado diferente de Alan. "Sinto muito, Mestre, você está certo." Ela não se preocupou em tentar explicar seu comportamento, ela sabia que ele estava certo, e Robert não teria gostado da maneira como ela conseguiu o que queria.

"Eu sou o diretor administrativo aqui; até Rhys me faz a cortesia de administrar seus planos por mim, e confio nele para gerenciar seu departamento de forma autônoma", ele soltou um longo suspiro sibilante. "Seu plano tem mérito e eu gostaria de ajudá -lo a concretizá-lo, mas saiba que se você ultrapassar os limites mais uma vez e esquecer quem eu sou aqui, isso pode e será tirado." Ele balançou a cabeça desapontado: "Eu conhecia Robert e o que ele queria para você, que não era ser uma vagabunda malcriada, usando sua submissão ou sua beleza como uma arma para conseguir o que queria e você ajudará alguém que eu escolher. assuma o controle. Você é uma jovem bonita e forte. Sua submissão é um presente, não uma moeda de troca para ser usada como um meio para um fim. Se você quer indulgência, vá até Andrew, ele parece gostar de sua nova maldade, mas a garota que conheço e amo, a garota que conquistou o coração de Robert e mudou todos os nossos mundos aqui, nunca agiria assim."

Alan quase cedeu em sua repreensão quando as lágrimas vieram e escorreram lentamente por seu rosto. "Lembre-se de quem você realmente é e deveria ser", disse ele em um tom mais suave. Ele caminhou em direção a ela , abaixou-se e levantou-a diante dele. Ele passou a mão pela corrente que envolvia o pescoço dela: "Você não é apenas uma garota comum. Você é especial e importante para muitas pessoas. Você não é apenas um estagiário aqui; você é um sócio e um executivo em seu próprio país. certo. Você precisa encontrar um equilíbrio e corresponder às expectativas de Robert, porque de todos nós, ele conhecia melhor o seu verdadeiro potencial e deu a você esta oportunidade de brilhar.

Ele a envolveu em seus braços. "Pedi a Andrew que desistisse de seu treinamento no ramo e, embora eu tenha preocupações, desistirei de sua necessidade de explorar esse estilo de vida e suas diferentes facetas. Eu sei quem você é", ele a puxou para longe de seu corpo. e olhou nos olhos dela, "e aquele não é um dos pirralhos de James ou Sire. Então vamos deixar isso para trás." Ele beijou sua testa. "Se você quiser algo, venha até mim com uma proposta bem pensada. Mostre- me os projetos e custos para este interior de escritório que você está planejando e eu aprovarei o orçamento, mas não vou apenas lhe dar um orçamento ilimitado, para brinque como você tão eloquentemente disse."

"Sim, Mestre", disse Susan com uma voz instável.

"Bom," Alan olhou para ela, "Eu não quero atrasá-la para o jantar que você planejou para esta noite, então você pode ir, mas..." ele deixou um pequeno sorriso cruzar seu rosto enquanto ele falava. sua própria reviravolta, ele esperava, surpreendente, como ela havia feito antes. "...de acordo com seu acordo de treinamento com os Mestres que cuidam de você, Gregory irá discipliná-lo por seu comportamento inadequado hoje." Susan engasgou olhando nos olhos dele para ver se ele estava brincando, mas não havia mentira em seus olhos.

"Ele foi informado e como Robert era seu amigo e mentor", o sorriso de Alan se alargou e ele começou a acompanhá-la em direção à porta de seu escritório, "Ele também ficou muito decepcionado com seu comportamento."

"Ah, não", Susan baixou a cabeça e sentiu um arrepio de expectativa percorrer sua espinha.

"Vejo você de manhã, pequena. Quero que você me fale todos os dias quando sair de agora em diante", disse Alan enquanto ela entrava na antessala. "Entre Ana, por favor." Alan disse, e Anne deu um pulo e fechou a porta atrás dela, deixando Susan apenas com seus próprios pensamentos enquanto caminhava lentamente para os elevadores. Alan não tinha intenção de dar a Susan um ombro para chorar, ele precisava que ela pensasse no que ele acabara de dizer.

"O que ela estava pensando?" ela se repreendeu. Alan era o diretor administrativo, o chefe, claro que ela tinha que fazer as coisas do jeito dele; ela tinha sido uma pirralha, e agora Gregory sabia. Gregory, com todo o seu cavalheirismo e senso de justiça, ela decepcionou os dois e, o pior de tudo, agora que ficou claro, ela estava decepcionada consigo mesma. Ela admitiu que tudo o que Alan havia dito era verdade. Robert nunca a teria deixado ser uma pirralha de qualquer forma ou forma. Ela piscou rapidamente, forçando as lágrimas a saírem de seus olhos enquanto caminhava pelo hall de entrada e saía para o carro que a esperava.

Lincoln sorriu abrindo a porta para ela e murmurando: "Tudo bem, senhorita Biancotti?"

""Por favor, me chame de Susan, eu... estou bem", ela deu um meio sorriso e desapareceu no carro.

*****

Sem ser notado, um homem alto observou Susan sair do prédio. Ele notou a expressão angustiada no rosto dela, como se ela estivesse chorando. Ele subiu em sua moto, entrando no trânsito seguindo o carro preto que a segurava, depois de vê-los desaparecer no estacionamento abaixo do clube, ele saiu rugindo. Bastava que ele soubesse que ela estava de volta e onde encontrá-la. Por agora...

*****

Susan se ajoelhou em uma almofada na sala do gerente, com os olhos no chão. Ela deveria ter discutido o assunto, ido até Alan com um plano, percebido que havia mais nele do que o homem pateta e espertinho que flertou com sua mãe uma vez. Ele era o CEO de uma das empresas mais ricas do país e ela o tratou com desrespeito, achando-se muito esperta com aquela façanha que fez para manter Cassandra por perto. Sua mente oscilava entre a felicidade por Cassandra ficar e a tristeza pela forma como Alan, seu amigo e guardião, olhou para ela com tanta decepção.

Gregory sentou-se em uma cadeira bem na frente de Susan, aproveitando o momento. Desde as ligações perigosas, ela encorajava enquanto, na casa de praia, ele se preocupava que os outros Mestres estivessem cedendo excessivamente aos seus caprichos. Ele ficou feliz quando ela demonstrou alguma responsabilidade por sua própria vida, até que ela encontrou outro que valorizaria sua submissão e ficou ainda mais feliz por ser ele quem garantiria sua segurança. Seu retorno com esse tipo de atitude não era esperado, e ele pretendia garantir que ela soubesse que isso era muito indesejável.

Ao contrário dos outros amigos de Robert, ele não tinha nenhum sentimento residual de indulgência em relação à dor dela. Ela veio até eles com seu plano de seguir em frente e se mostrou pronta para fazê-lo. Ele não tinha dúvidas de que Robert e as lições que ele lhe ensinou permaneceriam com ela para sempre, mas se ela quisesse encontrar seu lugar novamente, era hora de seguir em frente e explorar as possibilidades que a cercavam. Ele manteve o olhar desapontado no rosto enquanto se dirigia a ela.

"O que vem a seguir? Você começará a ter acessos de raiva se os Mestres não lhe derem o que quer?" Ele disse com uma voz áspera. "Jogar-se no chão e chutar os pés?"

"Não, Sir Gregory", disse ela suavemente, arriscando uma olhada nele para mostrar a sinceridade que esperava brilhar em seus olhos. "Eu só..." ela se impediu de dar desculpas.

"Você só o quê?" Gregório rosnou. "Decidiu levar Cassandra até a morte prematura? Decidiu ignorar o fato de que Alan havia dito que ela estaria lá para ajudar, mas você precisava de outro PA devido a toda a viagem? Já lhe ocorreu que isso não era sobre você, mas sim algo que Cassandra pediu?" Gregory sabia que Cassandra não queria viajar e odiava aviões; ele sabia que Alan havia pedido que ela ficasse como um favor a Susan. Ele estava com raiva porque a garota a seus pés nem sequer havia considerado essas coisas, mas sim manipulado as pessoas que se importavam com ela para conseguir o que queria.

"Cassandra nunca negaria o que você pediu neste momento", ele falou para sua expressão surpresa e confusa. "Você é mimado pelas mesmas pessoas que amam você e isso, pequenino, fez de você um pirralho egoísta e egocêntrico", ele balançou a cabeça.

"Eu simplesmente não... quero dizer..." ela engoliu em seco, contendo as lágrimas, "Sinto muito, Sir Gregory. Você está certo. Eu estava agindo terrivelmente com as pessoas que se preocupam comigo." Ela se sentiu péssima por Cassandra não ter sentido que pudesse lhe dizer diretamente como se sentia e por não tê-la ouvido quando ela disse várias vezes que era muito mais feliz trabalhando em meio período. O dia bom foi de mal a pior e agora ela só sentia culpa.

Gregory não disse mais nada; ele se abaixou e a pegou, colocando-a em seu colo. Susan não resistiu; ela baixou a cabeça sobre as pernas dele e aceitou a surra que estava prestes a levar. Gregory aproveitou o tempo para apreciar a pele macia da bunda perfeitamente arredondada e arrebitada que se apresentou quando ele levantou a saia. Sua mão desceu em um golpe pesado, e o som de sua palma atingindo a carne ecoou musicalmente pela sala.

Perdendo-se nos sons agradáveis de sua mão golpeando sua carne e seus suspiros, gemidos e gritos ofegantes em resposta, ele a espancou até que ambos perderam a conta, e seu pênis endurecido não pôde mais ser adiado por pura força de vontade. Ele acariciou a carne vermelha e inchada sentindo o calor emanar dela antes de deslizar a mão entre as pernas dela sentindo a umidade e ouvindo seus gemidos de necessidade.

Susan se contorceu, o calor da surra havia viajado para dentro dela e havia passado do ponto da dor para o calor interior, alimentando sua necessidade de ser tratada assim. Ela revirou os quadris enquanto ele acariciava sua bunda quente e ardente e choramingou de prazer quando a mão dele mergulhou entre suas pernas. Ela alargou as coxas de boa vontade para suas carícias gentis e sua respiração acelerou novamente.

De repente, sentindo ele mesmo o castigo, ele a pegou novamente, carregando-a para um canto da sala e colocando-a de frente para a junção de duas paredes. "Fique de frente para a parede, não faça outro som ou vou amordaçá-lo. Este é um castigo, pirralho, e não é um momento para saciar sua necessidade." Ele rosnou e a deixou ajoelhada ali enquanto voltava para sua mesa.

Susan poderia ter chorado de novo e implorado para que ele a usasse, tão grande era sua necessidade naquele momento, mas ela não fez nenhum som, piscando os olhos marejados. Ela ficou ajoelhada por um longo tempo enquanto as pessoas entravam e saíam do escritório, algumas vozes ela conhecia, outras não. Sua humilhação guerreava com o fato de que ela sabia que merecia ser punida.

No momento em que ela finalmente sentiu as mãos de Gregorys puxando-a para cima, seus joelhos estavam além doloridos e suas coxas quase dormentes com o esforço de permanecer naquela posição em vez de sentar sobre os calcanhares. Ela não reclamou enquanto ele limpava seu rosto e caminhava com muito cuidado ao lado dele enquanto a guiava para fora de seu escritório até a sala de jantar e uma mesa ocupada por pessoas que ela considerava amigos.

"Sinto muito se atrasei você", disse Susan calmamente, olhando ao redor da mesa. Andrew e Barry olharam para ela com sorrisos acrescentando que não tinham pressa, a cozinha ficava sempre aberta até tarde. Mark, por outro lado, parecia perplexo com a diferença entre a jovem vibrante que ele deixara no trabalho naquela noite e a jovem recatada e quieta que se juntou à sua mesa para jantar.

Gregory se juntou a eles, e duas garçonetes bonitas trouxeram a entrada direto da cozinha. Barry parecia estar observando Susan enquanto ela provava os pequenos embrulhos e viu a admiração passar por seu rosto, dando-lhe um sorriso. Ela olhou para ele e ele piscou, fazendo-a rir baixinho e se lembrar da noite em que ele a visitou na taverna de kava.

"Eles são incríveis; não posso acreditar que Anna lhe deu a receita," Susan murmurou com a boca cheia, ainda sem saber como se dirigir a Barry, ele não parecia tão rígido e formal quanto Sir Steven, mas ela não o via como um Mestre, ela também se perguntou quanto tempo conseguiria passar sem chamá-lo pelo nome antes que alguém percebesse.

À medida que a refeição prosseguia, Susan compartilhou algumas das histórias que ela tinha sobre visitas a maravilhas naturais isoladas e esperava poder ver algumas das fotos que Sire havia tirado lá. Gregory e Mark descobriram que tinham um interesse comum pela história medieval e discutiram alguns dos eventos do calendário local, como o festival da Igreja da Abadia. Barry saiu para resolver uma pequena crise na cozinha e Andrew estendeu a mão para pegar a mão de Susan.

"Você parece cansada, pequena", ela sorriu para ela, seu carinho claro em sua voz e toque.

"Foi um grande dia; tenho muito que aprender e muito que fazer", ela retribuiu o sorriso, "e um grande pedido de desculpas para fazer amanhã." Ela percebeu que Gregory e Mark pararam de falar e se viraram para encará-la. "Muito desse trabalho eu preciso fazer hoje à noite, antes da minha reunião de amanhã, então, se não importa para vocês, cavalheiros, estaria tudo bem se eu subisse agora?"

"Claro", disse Andrew.

Susan hesitou: "Eu, hum... queria saber se alguém poderia me acompanhar até os elevadores." Ela engoliu em seco: "Eu me sinto um pouco vulnerável andando sozinha por este lugar, apesar disso." Ela tocou a pesada corrente de ouro em volta do pescoço. Desde que morava no prédio, ela tinha a chave dos elevadores, mas ainda se sentia desconfortável em andar sozinha à noite. Ela havia parado na recepção ao descer esta noite e ligou para que Gregory a encontrasse nos elevadores.

"Eu irei com você", Mark ofereceu, "Minha nova chefe é uma mulher, e é melhor eu descansar minha beleza antes que ela perceba que me contratar por causa da minha aparência de menino bonito não foi uma boa ideia." Ele piscou para ela e riu.

"Há alguns que vêm e vão a esta hora da noite", disse Gregory em compreensão, "vou levá-lo para o seu apartamento."

"Venha tomar café da manhã comigo amanhã, pequena", Andrew beijou sua testa enquanto também se levantava.

"Claro, Mestre", ela sorriu para ele. Ele era uma âncora em seu mundo agora, e ela precisava disso mais do que havia percebido e o abraçou impulsivamente e de forma incomum. "Obrigada por tudo", ela explodiu e se virou indo embora com Gregory e Mark. Enquanto eles caminhavam pelo bar do salão, Gregory estendeu a mão e passou a mão em volta do pescoço dela, como Robert costumava fazer aqui neste lugar. Incapaz de se conter, ela se encolheu e estremeceu como se o fantasma dele estivesse ali, assustando Gregory, que olhou para ela com preocupação.

Mark desceu no andar térreo e despediu-se deles, e Gregory e Susan subiram os andares adicionais do apartamento dela em silêncio. Saindo com ela e abrindo a porta para ela, Gregory disse suavemente: "Algo estava errado quando saímos, foi algo que alguém fez?"

"Foi só... quero dizer, Robert sempre... ou costumava sempre passar a mão na minha nuca assim quando estávamos no clube", ela disse calmamente. No que dizia respeito a Gregory, a honestidade era a única resposta às suas perguntas, ele não permitiria que ela considerasse isso apenas um arrepio.

"Você vai se acostumar com isso", ele assentiu. "Durma bem, pequena, não fique acordada até tarde trabalhando."

"Sim, Sir Gregory", ela disse surpresa com a resposta dele. Talvez ele e Alan estivessem certos. Talvez ela tivesse se tornado mimada. Ela esperava uma espécie de pedido de desculpas, em vez da afirmação de que se acostumaria com isso.

Ela foi para o quarto e tirou a roupa antes de se deitar na cama com a pasta para ler novamente a proposta comercial alterada, antes de dormir. Com a mente ainda cheia da sensação das mãos de Gregory sobre ela, ela mergulhou a mão entre as pernas.

FIM